BUREAU DE BIENFAISANCE DE MENNECY,

SEINE-ET-OISE.

COMPTE-RENDU

MÉDICO-MORAL

DU SERVICE DE SANTÉ,

DU 20 AOUT 1843 AU 31 OCTOBRE 1845;

LU ET PRÉSENTÉ

AU BUREAU DE BIENFAISANCE DANS SA SÉANCE DU 6 NOVEMBRE 1845,

PAR

EUG. DANZANVILLIERS,

Médecin et Membre-adjoint de la Commission administrative.

« Si les fonctions de médecin sont belles,
« c'est moins dans les palais et parmi les
« grandeurs, où les motifs, soit apparents,
« soit réels de l'intérêt, ne laissent aucune
« prise à ceux de l'humanité, que dans la de-
« meure étroite et malsaine du pauvre. »
VICQ-D'AZYR, *Éloges historiques.*

CORBEIL, IMPRIMERIE DE CRÉTÉ, RUE DES PETITES-BORDES.

—

1846

34

COMPTE - RENDU

MÉDICO - MORAL.

DU MÊME AUTEUR.

Sous presse et pour paraître dans quelques mois :

Répertoire bibliographique, analytique et raisonné de tous les ouvrages relatifs à l'Économie sociale et traitant spécialement des questions de charité et de bienfaisance.

Des marais tourbeux de la vallée d'Essonnes et de la Juine : considérations physico-hygiéniques sur leur composition intime et l'influence qu'ils exercent sur les populations qui les avoisinent.

BUREAU DE BIENFAISANCE DE MENNECY,

SEINE-ET-OISE.

COMPTE-RENDU

MÉDICO-MORAL

DU SERVICE DE SANTÉ,

DU 20 AOUT 1843 AU 31 OCTOBRE 1845,

LU ET PRÉSENTÉ

AU BUREAU DE BIENFAISANCE DANS SA SÉANCE DU 6 NOVEMBRE 1845,

PAR

EUG. DANZANVILLIERS,

Médecin et Membre-adjoint de la Commission administrative.

> « Si les fonctions de médecin sont belles,
> « c'est moins dans les palais et parmi les
> « grandeurs, où les motifs, soit apparents,
> « soit réels de l'intérêt, ne laissent aucune
> « prise à ceux de l'humanité, que dans la de-
> « meure étroite et malsaine du pauvre. »
>
> VICQ-D'AZYR, *Éloges historiques.*

CORBEIL, IMPRIMERIE DE CRÉTÉ, RUE DES PETITES-BORDES.

1846.

COMPTE-RENDU MÉDICO-MORAL.

« Séparer la médecine de la morale,
c'est vouloir séparer l'esprit de la chair
et empiéter sur les attributs de Dieu »
Aphorismes du Dʳ CLAVEL.

« La charité la moins digne de ce nom
est celle qui ne donne que de l'or. »
Le baron DE GÉRANDO.

MESSIEURS,

Depuis le mois d'août de l'année 1843, où il m'a été permis de vous adresser mon second compte-rendu médical du service de santé affecté à vos indigents, bon nombre d'entre eux ont été pris de maladies fort diverses en général, abstraction faite, toutefois, des épidémies et de la maladie endémique ou particulière à la localité.

Aujourd'hui, comme par le passé, je viens réclamer votre attention et votre indulgence, pour les détails de statistique médicale dans lesquels il m'est nécessaire d'entrer, afin de vous faire connaître l'état sanitaire des indigents que vous voulez bien admettre à la participation des ressources dont vous pouvez disposer, pour secourir les nombreuses misères qui nous assiégent de toutes parts.

En tête des affections que je dois vous signaler comme très-fréquentes et sujettes à récidiver, je placerai cette maladie dont je vous parlais il n'y a qu'un instant, c'est-à-dire la *fièvre intermittente* ; cette maladie inhérente au pays que nous habitons et résultant, selon moi, ainsi que j'espère le prouver dans un mémoire particulier que je prépare sur cette question, non pas des tourbières considérées en elles-mêmes, mais bien de l'industrie qui consiste à aller puiser au fond d'eaux stagnantes des détritus végétaux et des matières organiques en décomposition, pour les amener à la surface du sol et les exposer pendant des mois entiers à l'action pondérante du soleil qui, nécessairement, charge l'air que nous respirons de miasmes malsains et délétères qui agissent à leur manière au printemps et à l'automne surtout, et produisent sur les habitants de cette localité, et en particulier chez les pauvres indigents, cette fièvre, aussi bizarre dans son invasion brusque et prompte que dans sa disparition fugace et immédiate sous l'influence de quelques prises de sulfate de quinine, de cette poudre merveilleuse, qu'il serait à désirer, dans l'intérêt du malheureux, que le commerce pût livrer à plus bas prix. Aussi, Messieurs, sur 55 affections diverses, auxquelles j'ai eu à donner mes soins de médecin, le chiffre des fièvres intermittentes est-il de 16.

Maintenant, si dans ces détails statistiques, nous suivons les divers appareils qui composent l'organisation humaine, dans l'ordre où ils se présentent physiologiquement, nous trouvons en première ligne, les maladies du système nerveux ; et, alors, nous aurons à énumérer :

1° Une congestion cérébrale qui a cédé à une large saignée ;

2° Une méningite (fièvre cérébrale) qui a nécessité un traitement assez actif et fort long ;

3° Un délire nerveux qui avait affecté la forme intermittente ; forme par laquelle, quelques maladies trèsgraves se sont terminées fort heureusement dans nôtre localité, ainsi que j'en ai fait l'observation, depuis à peu près deux ans (1) ;

4° Enfin, pour en finir avec le système nerveux, je vous dirai, Messieurs, que depuis deux ans environ, je donne des soins assidus au fils d'une de vos indigentes, lequel a le malheur d'être épileptique depuis plusieurs années. Et, pour arriver autant que possible, sinon à une guérison radicale dont, cependant, je ne désespère nullement, au moins à une diminution notable de cette funeste maladie, j'ai répété sur ce jeune garçon, des expériences qui ont déjà produit des guérisons soutenues. Mais afin de ne pas grever votre budget et aussi pour être assuré de l'administration régulière du médicament, dont l'acquisition, fréquemment répétée, serait devenue onéreuse à ce jeune homme ; j'ai pris le parti de le délivrer et de l'administrer moi-même, afin d'obtenir le résultat que je me suis proposé et que j'espère vous signaler un jour. Car, Messieurs, si je n'ai pas encore atteint mon but, j'ai été assez heureux pour éloigner tellement les longs et fréquents accès dont notre jeune malade était tourmenté, que plusieurs mois se sont écoulés sans avoir été témoins du retour de cet horrible mal, qui comptera

---

(1) Tout récemment, le docteur Colas, médecin du bureau de bienfaisance de Montrouge , vient de publier un ouvrage fort remarquable , sur le règne épidémique des années 1842-43-44 et 45, où il fait connaître un nombre très-considérable d'observations qui viennent confirmer celles que j'ai déjà faites, relativement à la forme intermittente de maladies ne présentant ordinairement que le type continu, et que je me propose de publier ultérieurement.

une victime de moins, si je réussis ; ce qui engagera d'autres confrères à faire ce que j'ai fait, puisque dans le cas d'un succès complet et soutenu, je compte livrer à la publicité ce fait, tout isolé qu'il sera.

Présentement, Messieurs, je vais seulement dénommer et énumérer diverses autres maladies internes qui s'offrent à nous à l'état d'unité. Voici quelles sont ces affections diverses :

Une angine laryngée ; deux bronchites aiguës ou catarrhes; une pneumonie ou fluxion de poitrine; une chlorose ; une hypertrophie du cœur chez une jeune fille qui a succombé à cette grave maladie ; une diarrhée séreuse chez un vieillard septuagénaire ; une maladie vermineuse chez un enfant : une hépatite aiguë (inflammation du foie) chez un jeune garçon ; une perte utérine chronique, une idiotie.

Puis viennent ensuite les maladies des yeux au nombre de quatre, savoir : 1° une ophthalmie aiguë des deux yeux ; 2° une ophthalmie chronique et scrofuleuse d'un seul œil ; 3° une conjonctivite encore en traitement, et 4° une taie de la cornée, guérie par des insufflations astringentes. — A la suite de ces affections de l'organe visuel, vient se ranger une maladie assez fréquente chez les individus de la classe ouvrière et qui se manifeste principalement aux changements de saisons ; je veux parler de l'érysipèle, qui figure au nombre de cinq cas , savoir : deux érysipèles de la face, trois érysipèles des membres inférieurs, lesquels se sont tous terminés fort heureusement.

Voici venir, Messieurs, une maladie à laquelle j'ai reconnu pour cause, la malpropreté, la misère et la mauvaise nourriture. Il s'agit de dartres crustacées dont deux de vos indigents ont été affectés, lesquels, après avoir été guéris, ont vu récidiver cette dermatose ou maladie de la peau, au point qu'ils sont encore actuellement soumis à un traitement sévère et rigoureux.

Ce serait ici le cas, Messieurs, de vous signaler les enfants indigents qui ont été affectés de rougeole et de fièvre typhoïde; mais comme j'aurai occasion dans un instant de vous entretenir de ces maladies générales et épidémiques, je ne ferai ici que les énumérer pour mémoire : ainsi, les enfants malheureux qui ont été affectés de rougeole sont au nombre de cinq; ceux qui ont succombé à la fièvre typhoïde figurent ici pour deux.

Si de toutes ces maladies internes ou générales, nous passons aux maladies chirurgicales proprement dites, elles ne brilleront pas par le nombre; car, à part trois extractions de dents qui ont eu lieu, je ne dirai pas, *sans douleur*, mais avec un résultat satisfaisant pour les patients, je n'ai à vous signaler qu'une seule affection il est vrai, mais qui par son importance mérite bien, ce me semble, que nous nous y arrêtions un instant. Il s'agit d'une gangrène sénile particulière aux vieillards, qui avait envahi tout le gros orteil du pied gauche du sieur Collignon, l'un de vos indigents.

Après quelques jours d'un traitement interne et externe tout à la fois, il a fallu arriver à faire l'amputation ou désarticulation de l'orteil affecté; ce qui a été fait en une minute à peu près. Mais cette opération pratiquée, je me suis aperçu que les chairs qui restaient ne pouvaient suffire à recouvrir l'extrémité osseuse qui faisait saillie; force m'a donc été de resséquer ou de scier cette portion d'os qui s'opposait à la guérison. C'est alors, Messieurs, qu'a commencé pour le pauvre vieillard un long traitement, consistant surtout en pansements quotidiens et dans l'administration de quelques médicaments et surtout de fortifiants à l'intérieur. Enfin, après trois mois de soins assidus et constants, et grâce aux secours divers que vous avez bien voulu délivrer à notre pauvre vieux malade, j'ai eu la satisfaction de voir mes efforts couronnés de succès par une guérison complète et soutenue, qui a permis au sieur Collignon de pouvoir se livrer à la marche sans éprouver aucune gêne ni aucune douleur. Mais, Messieurs, loin de m'attribuer les mérites de cette cure remarquable, je dirai plutôt, comme Ambroise Paré, le médecin de Henri III, disait avec une admirable et pieuse simplicité : « *Je le pensay et Dieu le guarist !* »

Depuis cette guérison, ce vieillard a eu le malheur de se fracturer le col du fémur (os de la cuisse) en se penchant vers la terre pour ramasser son bâton qui lui était échappé des mains. Mais cette fois, malgré tous les soins possibles, l'immobilité nécessaire, rendue cependant aussi peu fatigante que possible, a amené une affection gangréneuse qui a envahi toute la partie postérieure du corps du sieur Collignon, et qui a causé sa mort après 20 à 30 jours de traitement.

Voici maintenant, Messieurs, le résumé numérique et purement nominal des maladies tant internes qu'externes traitées par moi du 15 août 1843 au 15 août 1845, dans le détail desquelles j'ai cru devoir entrer, savoir :

Fièvres typhoïdes.	2
Fièvres intermittentes.	16
Rougeoles.	5
Érysipèles.	5
Bronchites aiguës.	2
Angine laryngée.	1
Pneumonie.	1
Hépatite aiguë.	1
Chlorose.	1
Diarrhée séreuse.	1
À reporter.	36

Report. 36

Maladie vermineuse. 1
Délire nerveux intermittent. 1
Idiotie. 1
Congestion cérébrale. 1
Méningites. 2
Épilepsie. 1
Hypertrophie du cœur. 1
Dartres crustacées. 2
Ophthalmie scrofuleuse. 1
Taie de la cornée. 1
Ophthalmie aiguë. 1
Perte utérine. 1
Conjonctivite chronique. 1
Fractures du col du fémur. 1
Gangrène sénile. 1
Extractions de dents. 3

TOTAL. 55

Sur ce total, Messieurs, je n'ai à déplorer qu'un seul décès qui a eu lieu à la suite d'une hypertrophie du cœur dont était affectée une jeune fille.

Les diverses maladies dont je viens de vous entretenir ont affecté des adultes et des enfants et se répartissent ainsi quant à l'âge et au sexe, savoir :

Adultes hommes. . . . . 17 ⎫
Adultes femmes. . . . . 20 ⎬ 37

Ce qui forme un total d'adultes de. . . 37

ENFANTS

Garçons. . . . . 10 ⎫
Filles. . . . . 8 ⎬ 18

Ce qui forme un second total d'enfants de 18

Total général. 55

Chiffre égal aux totaux précédemment énoncés et détaillés.

Comme j'ai déjà eu l'honneur de vous le dire, Messieurs, les années précédentes, la plupart des maladies dont je vous ai déjà entretenus reconnaissent pour causes générales, déterminantes ou prédisposantes, la vieillesse, des imprudences, un mauvais régime alimentaire, la malpropreté, la mauvaise disposition d'un grand nombre d'habitations dans lesquelles le soleil et l'air ne pénètrent qu'avec la plus grande difficulté. J'ai la satisfaction de vous dire que très-peu des maladies ci-dessus énoncées ont été causées par des écarts de régime et une conduite irrégulière. Relativement à tout cela, je n'ai pu, comme d'habitude, que donner des conseils et des avis qu'on m'a bien promis de mettre à profit ; promesses néanmoins sur lesquelles il m'est difficile de compter.

Ici, Messieurs, vient naturellement se placer l'énumération des vaccinations pratiquées par moi dans la commune de Mennecy, depuis mon dernier compte-rendu. Mais le chiffre de cette petite et importante opération, est loin d'être aussi élevé qu'il y a deux ans ; car au lieu de celui de 68 qui formait le total des années 1841 et 1842, je n'ai à vous présenter que celui de 24 pour les étés de 1843 et de 1844. N'allez pas croire cependant, Messieurs, que cette diminution tienne à l'indifférence des parents pour la santé de leurs enfants ; non, cette différence si notable tient tout simplement à ce que pendant les années 1841 et 1842 un bon nombre de jeunes garçons et de jeunes filles de douze à quinze ans qui n'avaient pas été vaccinés se sont présentés pour l'être, effrayés qu'ils étaient de la petite vérole qui, à cette époque, a frappé sur 30 sujets dans cette commune seulement : joignez à cela les revaccinations qui ont aussi été assez nombreuses à cette époque.

Ceci m'amène naturellement, Messieurs, à vous parler des épidémies dont nous avons eu à souffrir à Mennecy pendant l'année 1844. Et tout d'abord je vous parlerai de la variole, ou petite vérole.

Cette funeste maladie, qui autrefois faisait tant de victimes et défigurait tant d'infortunés, non contente de nous avoir violemment frappés il y a trois ans, est venue de nouveau exercer ses ravages parmi nous, en sévissant pendant l'espace de deux mois environ sur douze personnes adultes ou enfants, dont heureusement aucune n'a succombé; mais, semblable à ces nuages orageux qui, après avoir éclaté avec fureur sur nos têtes épouvantées, s'en vont en se divisant porter le ravage et l'incendie en des points extrêmes et opposés; ainsi a fait cette épidémie de variole qui, après ses sévices au milieu de nous, est allée frapper la commune de Montceaux d'une part, et celle d'Écharcon du côté opposé.

Si l'on pouvait donner le nom d'épidémie à deux malheureux cas d'une maladie funeste et si rarement curable, je vous dirais, Messieurs, que nous avons eu à déplorer à Mennecy la perte de deux jeunes garçons de dix à douze ans qui ont succombés à la *fièvre typhoïde*, à cette maladie qui a fait tant de victimes, il y a deux ans, dans la commune de Lisses, et dont j'attribue en grande partie la cause aux fortes chaleurs des mois d'août et de septembre qui avaient succédé à un été essentiellement humide et au défrichement, si déplorable sous tous les rapports, de plus de cent hectares de bois environnant cette malheureuse commune de Lisses, si malsaine déjà par la nature de son sol même.

Si nous n'avons pas été aussi maltraités sous ce rapport, Messieurs, nous avons eu l'été dernier une autre maladie qui s'est montrée sous la forme épidémique et qui est essentiellement contagieuse. Je veux parler de la rougeole; de cette maladie que l'on regarde à tort, selon moi, comme peu importante en elle-même, et qui, cependant, peut faire rapidement de nombreuses victimes parmi les enfants qu'elle frappe plus particulièrement. Si je vous disais, Messieurs, que le chiffre des jeunes sujets qui ont été affectés de rougeole, et dont un, par suite de répercussion de la maladie, a succombé, a été de 40 environ, vous auriez peine à le croire, sans doute? Eh bien! Messieurs, c'est la vérité cependant; car j'en ai fait le relevé aussi exactement qu'il m'a été possible de le faire.

A quoi tient donc ce grand nombre d'enfants pris de rougeole? — A la nature on ne peut plus contagieuse de cette maladie qui décime quelquefois les populations sur lesquelles elle sévit. — Et, quelle est une des principales causes de cette contagion? — Messieurs, elle réside en grande partie dans l'air vicié que respirent les jeunes enfants rassemblés en trop grand nombre dans les classes où ils sont envoyés par leurs parents et reçus par les instituteurs dont le devoir est de veiller aussi bien à la salubrité de l'air que doivent respirer les élèves qui leur sont confiés, qu'à la pureté des mœurs de ces mêmes enfants. — Et comment entretenir un air pur et salubre, un air qui ne permette pas ou au moins éloigne le plus possible le développement des maladies contagieuses, quand l'espace qui renferme pendant des heures entières de jeunes enfants d'âges et de sexes différents, est beaucoup trop resserré, eu égard au nombre des sujets qu'il contient; quand surtout de pauvres petits êtres n'ont chacun, pour respirer, pendant trois heures de temps, ainsi que j'en ai fait le calcul, pour l'école communale de Mennecy, que *deux mètres* cubes d'air qui sont bientôt viciés, corrompus et rendus irrespirables et délétères, c'est-à-dire, susceptibles sinon de tuer, au moins de disposer et d'engendrer de funestes maladies, et surtout dans les cas d'épidémies, de les propager d'une manière prompte et rapide.

Au reste, Messieurs, ces doléances et ces plaintes portent sur des observations très-exactes et des calculs essentiellement positifs, que j'ai cru devoir rédiger il y a plusieurs mois déjà dans l'intérêt de tous, et que je tiens à la disposition des quelques personnes qui voudraient en prendre connaissance, et de M. le maire en particulier s'il jugeait à propos de m'en demander communication (1).

Peut-être ce langage ne sera-t-il pas goûté de tout le monde. Mais qu'on veuille bien être assuré ici, qu'aucun sentiment hostile et malveillant n'a inspiré mes plaintes et mes observations ; que c'est uniquement dans l'intérêt physique et hygiénique de tous les enfants de cette commune, et seulement pour satisfaire à un des devoirs de ma conscience de médecin et de membre du bureau de bienfaisance que j'ai parlé ; car ma franchise et la pureté de mes intentions me feront toujours une nécessité de signaler le mal à éviter comme d'indiquer le bien à faire ; ne sachant d'ailleurs ce que c'est que la dissimulation et n'étant nullement propre à la diplomatie, si tant est que la diplomatie consiste dans la ruse et la dissimulation, et non pas, comme je le pense, dans la loyauté et la droiture, unies à la prudence et à la sagesse.

Avant de passer outre, Messieurs, je crois devoir vous rappeler, ainsi qu'à M. le maire, notre président, que je tiens toujours à la disposition de l'administration de cette commune, 1° l'appareil de Guyton de Morveau pour la désinfection de l'air, 2° une boîte de secours pour les noyés et les asphyxiés, 3° enfin, un appareil portatif à l'aide duquel un malade à qui cela serait recommandé,

---

(1) *Voir* à la fin du compte rendu l'Appendice *A.*

pourrait prendre des bains de vapeurs dans son lit. Ce dernier instrument qui est presque de mon invention, car je l'ai beaucoup perfectionné, serait surtout utile à ceux de vos indigents si fréquemment exposés aux douleurs rhumatismales.

Ce serait ici, Messieurs, en terminant cette partie de mon compte rendu médical, l'occasion d'appeler votre attention sur l'usage que nous avons fait du faible secours voté par vous précédemment relativement à vos indigents malades, en faveur desquels, cependant, et aux termes de la loi du 7 frimaire an V, les bureaux de bienfaisance ont été spécialement institués, dans les localités surtout où ces mêmes indigents malades ne peuvent être admis dans les hôpitaux de province qu'à des conditions trop onéreuses, pour eux et leurs familles en dépit de la loi du 24 vendémiaire an II, qui porte que « tout malade domicilié de droit ou non, qui sera sans ressource, sera secouru ou à son domicile de fait, ou dans l'hospice le plus voisin », (1). Aussi, Messieurs profité-je de cette circonstance pour réclamer encore une fois de votre bonne volonté et de votre justice, de vouloir bien doubler le chiffre voté pour médicaments au budget 1844 et le porter de 25 à 50 fr. D'ailleurs, il est très-probable que ce crédit ne se trouvera point absorbé ; bien que, cependant, la somme de 25 fr. soit tout à fait insuffisante pour me venir convenablement en aide dans les soins que je suis souvent appelé à donner à vos indigents malades en faveur desquels, si je suis bien renseigné, les legs qui forment la plus grande partie du revenu de votre bureau ont été spécialement institués (2).

(1) Loi du 24 vendémiaire an II.
(2) Voici ce que porte le testament de M. Patrice Périer :
« J'entends que ladite rente (de 300 fr.) soit inscrite au nom des pauvres de ladite commune (Mennecy), et soit distribuée aux pauvres, sur-

Aurai-je besoin, Messieurs, pour vous déterminer en cette circonstance, de vous citer tout ce que le bureau de bienfaisance du douzième arrondissement de Paris, qui n'est pas riche, a fait sur la demande de M. Pinel-Granchamp, l'un des bons et des plus dévoués chirurgiens de la capitale, pour que les pauvres indigents malades pussent être traités et soignés à domicile, dans une ville où cependant les hôpitaux généraux et spéciaux sont loin de manquer ; préférant ce genre de secours donnés au sein de la famille, à tous les avantages souvent incontestables des grands établissements de médecine et de chirurgie.

Confiant dans la bonté de votre cœur et les lumières de votre prévoyance, je m'arrête ici pour passer ensuite à un autre ordre de faits dont je crois de mon devoir de vous entretenir, si votre indulgence et votre attention ne sont pas trop fatiguées.

Messieurs, dans une des nos dernières réunions, j'avais pris vis-à-vis de vous l'engagement de visiter la colonie industrielle et agricole de Petit-Bourg, et de recueillir des renseignements sur les conditions d'admission à cet établissement. Et cela, Messieurs, dans l'intérêt de deux pauvres orphelins abandonnés pour ainsi dire complétement à la charité publique, par un père incapable par son inaptitude au travail et l'irrégularité de sa conduite de subvenir à leurs besoins. Je veux parler des malheureux enfants Modant. Mais avant de vous rendre compte de mes démarches à cet égard, permettez-moi

tout malades, par les bureaux de charité ou de bienfaisance qui peuvent ou pourraient être établis, dont le curé fera toujours partie, et à défaut dudit bureau de charité ou de bienfaisance, par le maire et le curé de ladite commune. » (Extrait du testament olographe de M. Patrice Périer, en date du 26 décembre 1827, inscrit au registre des délibérations municipales de Mennecy, le 27 mars 1828.)

de vous parler un peu de la science de la charité légale
et privée, de vous entretenir quelques instants du bien
et du mal des classes ouvrières et indigentes, et de vous
dire un peu ce qui a été fait dans l'intérêt de tous les
malheureux et de toutes les infortunes. Cela, Messieurs,
nous reposera et nous édifiera aussi, tout en nous affli-
geant quelquefois, et pourra nous servir à nous-mêmes
en nous portant vers la pratique de la charité; et puis,
un homme éminent par le talent oratoire et sa haute
position sociale, dont on peut bien ne partager pas les
idées et les principes politiques, mais à qui on ne peut
justement contester une très-grande hauteur de vues
et de pensées en économie sociale comme en histoire,
M. Guizot, enfin, l'a dit dans une de ses meilleures pro-
ductions (1) « C'est l'esprit du temps de déplorer la
« condition du peuple : mais on dit vrai, et il est impos-
« sible de voir sans une compassion profonde, tant de
« créatures humaines si misérables. Cela est douloureux,
« très-douloureux à voir, très-douloureux à penser;
« mais il faut y penser, y penser beaucoup, car à l'ou-
« blier il y a tort grave et grave péril. » Et comme pour
corroborer ces paroles remarquables, un député s'écriait
à la tribune le 18 juillet dernier, en s'adressant à toute la
France dans la personne de ses représentants. « Ayez donc
« le courage de reconnaître que le *paupérisme* a fait des
« progrès effrayants, que son invasion nous menace,
« qu'il n'est pas un instant à perdre, et qu'il faut l'ar-
« rêter. J'ai proclamé en commençant que c'était une
« question de *justice* et d'*humanité*; maintenant j'ai
« presque le droit de dire que c'est devenu pour vous
« une question de *sécurité* (2). »

(1) *De la Religion et de la politique dans les sociétés modernes.*
(2) Discours de M. Ledru-Rollin, à la séance de la Chambre des députés, du 15 juillet 1844.

Un autre publiciste (M. de Carné) disait aussi, il y a quelque temps : « Les réformateurs actuels touchent « par tous les points à des réalités douloureuses ; ils « écrivent avec une plume trempée dans des larmes, et « des cris d'angoisse répondent à leurs voix (1). »

Enfin, pendant la session législative de 1844-1845, vous avez pu remarquer, Messieurs, que les chambres françaises, anglaises et belges ont été plusieurs fois l'écho de pétitions et de propositions assez nombreuses ayant toutes pour but de s'occuper d'une manière fructueuse et pratique du malaise moral et de la misère qui rongent les classes inférieures (2).

Cette nécessité d'étudier la question du paupérisme établie, Messieurs, par les autorités que j'ai eu l'honneur de vous citer, j'entre immédiatement dans les détails que je vous ai promis.

Et tout d'abord, pour ne pas m'écarter trop brusquement de ce qui précède, je vous entretiendrai de ces établissements de la ville de Paris, où les mal. lur qui affligent la pauvre humanité sont spécialement accueillies et traitées selon qu'il convient. En tête des grands hôpitaux, je dois placer naturellement l'*Hôtel-Dieu*, qui est peut-être le plus ancien des hôpitaux de l'Europe ; car on admet généralement qu'il a été fondé, vers l'an 660, par saint Landry (3), évêque de Paris, et qu'Erchinoald,

(1) *Revue des Deux-Mondes*, numéro du 15 septembre 1841.

(2) *Voir* le compte rendu des séances des 1er mai et 9 juin 1845 de la Chambre des députés ; celui du 15 juillet 1845 de la Chambre des pairs ; celui du 26 mai de la Chambre des communes, en Angleterre ; et l'arrêté royal du 15 septembre dernier, pris par Léopold Ier, roi des Belges.

(3) Il existe encore dans le quartier ou *isle de la Cité*, comme dit Sauval (*Antiquités parisiennes*), un cul-de-sac ou impasse qui porte le nom de ce prélat, qui a aussi donné, de temps immémorial, son nom à une des salles de l'Hôtel-Dieu. L'édilité parisienne vient de faire placer, à l'Hôtel-de-Ville, la statue de ce bienfaiteur des pauvres.

maire du palais, eut beaucoup de part à cette bonne
œuvre. Plus tard, Philippe-Auguste, saint Louis,
Henri IV et plusieurs personnes charitables, telles que
le chancelier Duprat, MM. de Pomponne et de Bellièvre,
contribuèrent beaucoup à donner de l'extension à cet
établissement.

Bien qu'aujourd'hui même cet hôpital, si bien nommé
Hôtel-Dieu, laisse encore beaucoup à désirer sous différents rapports, et principalement quant au régime alimentaire destiné aux pauvres malades, il y a loin du
temps où non-seulement on admettait dans cette même
maison tous les malades, de quelque âge, sexe, condition,
pays ou religion qu'ils fussent, mais encore où ces malheureux affligés étaient couchés plusieurs dans un même
lit : les galeux et les dartreux avec ceux affectés de fluxion
de poitrine ou de toute autre maladie non contagieuse ;
les morts avec les vivants ; les convalescents avec les ago-
nisants. Aussi, Messieurs, en ce temps de disette des hôpitaux, les maladies épidémiques faisaient-elles des ravages effrayants parmi la population (1). Ajoutez à cela
que les pèlerins et les mendiants qui se présentaient
même pendant la nuit étaient toujours accueillis.

Quelle pouvait donc être la cause de cet état déplorable où un établissement si utile, et fondé à coup sûr
dans l'intérêt charitable des pauvres de la ville de Paris,
se trouvait réduit ? La cause ou plutôt les causes sont :
premièrement, que la population ancienne de l'Hôtel-
Dieu ne fut jamais combinée avec l'étendue de ses bâtiments et le nombre de ses lits ; secondement, l'absence
de toute règle relativement à l'admission et à la sortie

(1) *Voir* la *Notice sur les Hôpitaux*, par Bouchardat, et le *Rapport* de
Bailly, au roi Louis XVI, et à l'ancienne académie des sciences sur le
régime et l'administration de l'Hôtel-Dieu de Paris. — *Voir* aussi celui
de Tenon.

des malades; en troisième lieu, c'est que cet hôpital, assez mal construit du reste, n'avait été primitivement destiné qu'aux seuls malades de la cité de Paris, et non pas dans la supposition d'un accroissement aussi prompt et aussi rapide de la population et du territoire que celui qui a eu lieu pour la grande capitale de la France; en quatrième lieu, on peut citer comme cause incessante, et au dire du savant et malheureux Bailly, ancien maire de la commune de Paris, le mauvais vouloir, l'entêtement routinier et l'obstination des diverses commissions administratives, qui, jusqu'à la grande réforme de 89, ont géré et administré le grand et intéressant établissement sur lequel je me suis peut-être trop longtemps arrêté. Depuis cinquante ans, des améliorations successives et des plus importantes, tant sous le rapport des constructions, de la salubrité, de la séparation des malades et des maladies, que de l'ordre et de l'administration, ont eu lieu dans cet hôpital, à la grande satisfaction des amis de l'humanité souffrante et des classes laborieuses, et cela, sous l'attentive et bienveillante administration du Conseil général des Hospices de la ville de Paris.

A la suite de l'Hôtel-Dieu, viennent se ranger, tant dans l'ordre de leur importance que celui de leur fondation :

1° L'hôpital de la Charité, fondé par Marie de Médicis, en 1607, et autrefois dirigé par les Frères de Saint-Jean-de-Dieu, qui administrent encore aujourd'hui même avec tant de zèle et d'intelligence plusieurs maisons d'aliénés ;

2° L'hôpital de la Pitié, qui, de maison d'orphelins qu'il était, est devenu en 1809 un grand hôpital ;

3° L'hôpital Saint-Antoine, ouvert au commencement de 1796, dans une ancienne abbaye de religieuses de l'ordre de Cîteaux, fondée au xiie siècle ;

4° L'hôpital Necker, établi dans une maison ayant autrefois appartenu à des religieuses Bénédictines, et qui doit son nom à la surveillance et à la direction de la femme du fameux ministre de Louis XVI, qui, en 1779, avait accordé à cet effet une somme de 42,000 fr. pour faire l'essai d'un hôpital de 120 lits ;

5° L'hôpital Cochin, fondé au siècle dernier, par un ancien curé de Saint-Jacques-du-Haut-Pas, qui, par modestie s'était contenté de désigner son œuvre charitable par le nom du quartier où elle était établie. Heureusement que le conseil des hospices en a jugé différemment et a voulu faire passer à la postérité le nom de ce bienfaiteur des pauvres malades.

6° L'hôpital Beaujon, qui, par suite du bouleversement social et politique de 93, et contrairement aux intentions du fondateur de cet établissement, est devenu un hôpital proprement dit, au lieu de rester une maison d'orphelins spécialement destinée à 24 enfants de la paroisse du Roule.

A la suite de ces grands hôpitaux où l'on traite les maladies internes et les maladies chirurgicales proprement dites, et destinés aux adultes seulement, viennent se ranger les hôpitaux spéciaux en tête desquels il est convenable et naturel de placer l'important et intéressant hôpital Saint-Louis, fondé en 1602, et que suivent purement et simplement : l'hôpital des Cliniques, l'hôpital du Midi ou des Vénériens, l'hôpital de l'Oursine, la Maison-Royale de santé, l'hôpital des Enfants-Malades, l'hospice de la Maternité ou d'Accouchement, l'hospice des Enfants-Trouvés ou d'Allaitement (1), l'hos-

---

(1) La charitable création de Saint-Vincent-de-Paul, celle des hospices, consacrés aux enfants trouvés, ne date, à Paris, que de 1638, tandis qu'à Montpellier, cinq siècles auparavant, et dès 1180, l'hôpital du Saint-Esprit était ouvert aux enfants en bas âge, exposés ou abandonnés. (*Voir* les Mémoires historiques sur Montpellier, par Thomas.)

pice de la Vieillesse hommes ou femmes, c'est-à-dire Bicêtre et la Salpêtrière où, indépendamment des vieillards ou bons pauvres qui y sont reçus pour le reste de leur vie, il existe sur une grande échelle plusieurs services d'aliénés confiés aux médecins les plus dévoués et les plus aptes à donner leurs soins intelligents à ces misères qui sont les plus grandes dont l'humanité puisse être affectée, puisqu'elles révèlent notre grande faiblesse lorsque, privés d'une partie de notre raison, nous ressemblons si fortement à de petits enfants au maillot et quelquefois à des animaux immondes.

Si, maintenant, Messieurs, je considère les hospices proprement dits, qui existent dans la ville de Paris, je vous nommerai les maisons d'Incurables pour les hommes et pour les femmes ; l'hospice des Quinze-Vingts spécialement destiné aux aveugles adultes des deux sexes ; l'hospice des Ménages ; l'hospice de La Rochefoucault qui est situé au Petit-Montrouge ; l'institution de Sainte-Périne, et l'hospice de Villars destiné à recevoir les vieillards et infirmes des deux sexes ; l'hospice Leprince fondé en 1819 pour 20 pauvres âgés et infirmes du quartier des Invalides ; l'hospice d'Enghien fondé en 1819 par la duchesse de Bourbon ; celui des Enfants-Trouvés et Orphelins réunis ; enfin, l'hospice de Saint-Merry fondé en 1783 par un curé de cette paroisse et où 14 lits sont desservis par les sœurs de la Charité. Pour compléter cette énumération, il me reste, Messieurs, à vous citer comme existant aux portes de Paris, l'asile de la Providence (barrière des Martyrs) toujours destiné aux vieillards et fondé par un homme admirable que j'ai eu le plaisir de connaître, le chevalier de la Vieuville. Puis l'hospice Boulard, à Saint-Mandé, et celui de Brézin ou de la Reconnaissance destiné spécialement aux commis de grosses forges, et généralement aux ouvriers qui travaillent le fer. Enfin, vient la Maison-Royale de Charenton destinée aux aliénés des deux sexes (1).

Indépendamment de tout cet ensemble presque effrayant d'établissements de tous genres dont je viens de vous entretenir, et destinés pour la plupart à secourir les malades et les infirmes, il y a à Paris un grand nombre de consultations gratuites données dans toutes les maisons de secours des bureaux de bienfaisance : aux dispensaires de la Société philanthropique ; aux instituts ophthalmologiques et dans les grands hôpitaux. De plus il existe des postes médicaux dans différents quartiers, destinés à secourir les victimes des accidents si fréquents dans une ville comme Paris ; des secours aux noyés et asphyxiés et un établissement en faveur des indigents blessés fondé et dirigé par M. Thierry Valdajou, à la place Royale. Puis une association qui se livre gratuitement à la propagation de la vaccine.

Enfin, Messieurs, pour vous parfaire cet ensemble de secours établis en faveur des maladies ou des infirmités, je vous citerai les quatre hôpitaux ou hospices militaires : des Invalides, du Gros-Caillou, du Val-de-Grâce et de la rue de Charonne.

Après ce tableau succinct et cependant aussi complet que possible de tous les établissements destinés à secourir les pauvres malades et infirmes dont la capitale de la France est favorisée à l'exclusion de tant d'autres grandes villes d'Europe, en exceptant Londres toutefois, j'ai un regret à vous manifester, c'est la difficulté, on ne peut pas plus grande, que nous éprouvons à faire admettre dans ces grands hôpitaux de Paris nos pauvres

(1) Un bureau central d'admission à tous ces établissements divers existe à l'administration des hospices civils, place du Parvis-Notre-Dame.

villageois âgés, malades ou infirmes qui s'y présentent
le plus souvent munis de certificats et de lettres de re-
commandation ; et cela contrairement au texte formel
de la loi et aux ordres réitérés de l'administration supérieure. Et cependant, si Paris absorbe et centralise
tout, s'il a le monopole du bien et du mal, du beau et
du laid, de la richesse et de la pauvreté, ne doit-il pas
accueillir et recevoir les parents, les alliés, les locataires
ou ouvriers de ceux qui payent la plus forte partie de
l'impôt ? « S'il est beau et bien de secourir les mal-
« heureux qui ont épuisé leur santé dans les travaux
« ayant pour but d'augmenter le bien-être général de la
« société par les produits de l'industrie, le serait-il
« moins d'appeler au partage de ce bénéfice les ouvriers
« laboureurs, qui arrosent chaque jour la terre de leurs
« sueurs pour nous procurer les objets de première né-
-« cessité (1) ; » puisque, ainsi que le disait Sully, le sage
ministre de Henri IV : « *Labourage et pasturage sont
les ceux mamelles de l'Etat* (2). » Aussi, Messieurs, cette
question a paru tellement importante à un ancien ministre de la restauration (M. Hyde de Neuville), qu'elle a
donné lieu à une correspondance active et fort intéres-
sante entre lui et M. le ministre de l'intérieur, et à la pré-
sentation aux chambres d'une pétition relative à cet important objet ; malheureusement après la lecture de cette
publication on est obligé de conclure des faits mêmes
qu'elle relate, que le gouvernement, malgré la puissance
de ses moyens d'action, malgré l'appui de la loi et celui
de la raison, ne peut faire respecter partout les droits du
malheur, et qu'il y a des gens dont l'esprit étroit ne per-
met pas à leur charité de franchir les limites de leur lo-

(1) *Notice sur les hospices et hôpitaux,* par le chanoine Clavel.
(2) Sully, *Économies royales.*

calité, et pour lesquels la famille des pauvres est divisée en deux branches dont l'une n'est rien et l'autre tout.

Pour compléter cette petite statistique d'hôpitaux et hospices, je vous signalerai de nouveau, Messieurs, les services d'aliénés de Bicêtre et de la Salpêtrière, ainsi que les asiles de St-Vincent de Lille, d'Armentières, de Maréville, et ceux dirigés en Bretagne et en Normandie par les frères de Saint-Jean-de-Dieu qui, il y a quelques années, furent sur le point d'acquérir le domaine de Villeroy pour y établir un nouvel asile du genre de ceux confiés déjà à leurs soins si charitables et si dévoués. Dans tous ces établissements, Messieurs, et grâce aux Pinel, aux Bayle, et aux Esquirol, ces hommes vénérables qui nous ont légué avec leurs admirables exemples les leçons les plus précieuses et les plus profitables, ce ne sont plus des moyens barbares et tout à fait indignes d'un peuple civilisé qui sont mis en usage, pour obtenir, sinon la guérison, au moins un adoucissement aux tristes affections connues sous la dénomination de maladies mentales; loin de là, c'est à une étude constante du cœur humain, des passions et des ravages qu'elles peuvent produire; des causes particulières et spéciales à chaque genre de maladies et à chaque individu affecté qu'on a recours ; c'est à un ensemble de traitement moral, doux et tendre, quelquefois sévère, auquel on a joint les heureuses influences de la religion, du travail manuel, de la musique, du spectacle, et surtout la vue d'objets capables d'égayer les yeux et de réjouir le cœur des malheureux confiés aux soins des médecins qui veulent bien se dévouer à une vie et à une pratique que, pour mon propre compte, j'ai toujours ambitionnées. Quant au traitement purement médical et pharmaceutique, il vient tout à fait en dernière ligne, et pour les cas exceptionnels dans les tentatives de guérison des aliénés. Je croirais manquer à la justice et à la reconnaissance si j'omettais de vous signaler encore les heureux essais de M. Ed. Séguin, relativement à l'éducation des idiots et enfants arriérés.

Après Paris, Messieurs, c'est la seconde ville du royaume si réputée déjà par un grand dévouement et une charité immense, c'est Lyon que je dois vous signaler comme renfermant le plus grand nombre d'hôpitaux, d'hospices et d'établissements charitables de tout genre. Quant aux hôpitaux proprement dits, je ne vous nommerai comme admirable modèle à suivre et à imiter par d'autres grandes villes, que le grand Hôtel-Dieu et l'hospice de l'Antiquaille (1).

Si maintenant nous comparions, toujours sous le rapport des établissements destinés aux misères physiques de la pauvre humanité, une autre grande ville d'Europe, la capitale de l'Angleterre, à Paris même, nous serions comme effrayés et confondus de la masse d'hôpitaux et d'hospices qui pullulent pour ainsi dire dans la ville de Londres et dont l'origine remonte, pour la plupart, à une époque déjà fort éloignée de nous. Ainsi chaque genre ou espèce de maladie a son hôpital particulier, fondé ou entretenu pour le plus grand nombre par des particuliers ou des associations spéciales. Car ici, à la différence de la France, c'est le principe d'association, d'assemblée, de méeting qui préside à toute entreprise, soit charitable, soit commerciale ou industrielle. Et c'est un exemple que, dans leur anglomanie, nos compatriotes devraient bien

---

(1) Il existe en France 1,164 administrations hospitalières, dirigeant, sous le nom de commissions administratives, 1,338 hôpitaux ou hospices, dont les revenus ordinaires s'élèvent annuellement à la somme de 53,632,992 fr. 77 cent. (*Voir*, pour plus de détails, la statistique des établissements de bienfaisance, dont M. Ad. de Watteville vient de publier le préambule dans le numéro de novembre dernier des *Annales de la Charité.*)

chercher à imiter plus souvent, surtout en matière de charité où il faut souffrir, le moins possible, ces armées de fonctionnaires rétribués qui absorbent une si grande partie des ressources destinées par nos ancêtres à secourir les malheureux, dans l'accomplissement de fonctions et de devoirs qui devraient toujours être dévolus aux plus capables et aux plus dignes parmi les hommes de loisir. Au reste, Messieurs, si vous voulez connaître la nomenclature des nombreux établissements charitables de la seule ville de Londres, je vous renverrai à l'ouvrage intitulé : *Tableau des sociétés et institutions religieuses, charitables et du bien public de la ville de Londres, par M. Gustave de Gérando*.

Maintenant Messieurs, permettez-moi de passer à la statistique d'un genre d'établissement, destinés aussi aux besoins matériels des indigents adultes, mais plus particulièrement à leurs besoins moraux. C'est toujours de la ville de Paris qu'il est principalement question, comme étant placée plus près de nos observations et devant intéresser à plus d'un titre les membres d'une commission administrative telle que la vôtre.

En tête de ces divers établissements viennent se placer naturellement les bureaux de bienfaisance, dont je puis vous parler en connaissance de cause, ayant pendant cinq ans rempli les fonctions de commissaire de charité, où, en cette qualité je visitais tous les mois 40 à 50 ménages, dans le quartier le plus pauvre du plus maltraité, sous ce rapport, des douze arrondissements de Paris.

Douze bureaux de bienfaisance, sous la direction du préfet de la Seine et du conseil général des hospices, sont chargés de la distribution des secours à domicile dans les douze arrondissements de Paris.

Chaque bureau se compose du maire, président-né, de

ses adjoints, et de douze administrateurs nommés par le ministre de l'intérieur. Un nombre indéterminé de commissaires et de dames de charité, nommés par le bureau, vient en aide aux administrateurs pour la visite des pauvres et la répartition des secours.

Un agent comptable salarié et dont la responsabilité est garantie par un cautionnement gère les finances du bureau. — Des médecins et chirurgiens attachés à chaque bureau donnent des consultations et des soins gratuits aux indigents de l'arrondissement, et vaccinent aussi gratuitement leurs enfants. — Des sages-femmes désignées par le bureau, prêtent généreusement leur ministère aux indigentes qui le réclament.

Chaque arrondissement est partagé en douze divisions, chacune sous la surveillance d'un administrateur, qui, de concert avec le commissaire et les dames de charité, visite et assiste les indigents de sa division. — Chaque bureau a une maison centrale et plusieurs maisons de secours affectées à la distribution des secours, aux consultations gratuites, à la pharmacie, au dépôt de linge, vêtements et au combustible. — Ces maisons sont confiées à la sage direction des sœurs de la Charité, chargées de la garde et de la délivrance des objets distribués aux pauvres. — Ces bonnes filles de Saint-Vincent de Paul vont aussi visiter les malades et les femmes en couche et leur porter avec les consolations de la charité chrétienne les soins que réclament les maladies du corps. Qui ne connaît à Paris et dans toute la France cette bonne sœur Rosalie humblement cachée dans une rue déserte du faubourg Saint-Marceau, mais que tous les amis des pauvres et les pauvres eux-mêmes trouvent toujours disposée à les entendre, qu'il s'agisse de secourir une misère morale ou physique; de placer un malheureux père de famille, ou d'obtenir la délivrance d'un prisonnier

repentant ou au moins une commutation de peine. Car
l'influence religieuse et morale de cette sainte fille de
la Charité est on ne peut pas plus étendue. Lorsqu'il est
question de bonnes œuvres, elle sait frapper à toutes les
portes, et jamais elles ne restent fermées pour elle.

Pour avoir droit aux secours des bureaux de bienfaisance et être porté au rôle des indigents d'un arrondissement, les règlements établis par le conseil général
des hospices portent que ce sont les paralytiques, les
cancérés, les vieillards de soixante-cinq ans et au-dessus,
les chefs de famille ayant trois enfants au-dessous de douze
ans, les veufs ou veuves avec deux jeunes enfants, et les
individus atteints d'infirmité grave et entraînant, le plus
souvent, incapacité de travail.

Les bureaux de bienfaisance de Paris secourent aussi
temporairement les blessés, les malades, les femmes en
couches ou nourrices, les enfants abandonnés, les orphelins au-dessous de seize ans, et ceux qui se trouvent
dans des cas extraordinaires et imprévus.

Indépendamment des séances annuelles où sont enten-
dus des comptes rendus, sur l'état moral, sanitaire et administratif des indigents, les bureaux de bienfaisance
s'assemblent une fois la semaine à jour fixe, afin de
pourvoir aux nécessités de l'arrondissement.

Tous les mois, Messieurs, il doit être délivré à chacun des administrateurs, selon les ressources du bureau
et l'exigence des besoins, des cartes et bons, applicables
à diverses espèces de secours.—L'administrateur fait la
répartition de ces cartes entre les commissaires et dames
de charité de sa division, d'après le nombre de leurs
pauvres. — Les commissaires et dames de charité distribuent ces cartes soit à domicile, soit à la maison de
secours. Pour mon compte, je préfère le premier mode
de distribution au second, car l'expérience m'a prouvé

que ce n'était qu'en visitant les pauvres dans leurs demeures, ou plutôt dans leurs réduits, qu'il était permis non-seulement de constater l'état de leur misère, mais encore de pénétrer la cause de cette même misère qui est souvent épouvantable ; car, Messieurs, si je vous faisais le triste tableau de tout ce qu'il m'a été donné d'observer sous ce rapport, un volume ne suffirait pas à cela ; permettez-moi seulement de vous dire que j'ai vu un pauvre ménage composé de l'homme et de la femme, tous deux âgés de cinquante à soixante ans ; le premier faible et rachitique exerçant la profession de savetier et de cordonnier pour enfants ; sa compagne presque aveugle et affectée d'une maladie de l'utérus, incapable de faire ce que sa bonne volonté et son courage la portaient à faire pour lui aider à vivre. Figurez-vous, Messieurs, ces deux pauvres malheureux logés au cinquième étage d'une de ces maisons de la rue Mouffetard, si réputées par leur disposition vicieuse, malsaine et insalubre, et habitant un cabinet d'environ deux mètres carrés, éclairé seulement par quatre pauvres carreaux de papier huilé et ne permettant nullement le placement d'un poêle en hiver. Eh bien, c'est dans ce réduit, où régnait une atmosphère suffocante et délétère que ces malheureux passaient et le jour et la nuit. Le jour, l'un assis sur une mauvaise chaise pour travailler un peu, et l'autre debout ou assise sur le plancher ; la nuit étendant sur le sol une mauvaise tapisserie râpée ; c'était le seul lit de repos de ce malheureux ménage, qui, pour se garantir du froid de la nuit, conservaient leurs pauvres vêtements, n'ayant pas même une couverture ni un drap pour se couvrir. Tels j'ai vu ces malheureux dont l'état misérable m'avait si profondément affligé, que j'ai frappé à toutes les portes et que de bonnes âmes charitables sont venues apporter ; l'une un lit de sangle, l'autre un matelas, un troisième des draps et une couverture.

J'ai vu, Messieurs, une mère et son fils infirme et jouant du violon pour recueillir de quoi vivre, se couchant aussi tout habillés sur de sales et infectes chiffons ramassés aux coins des rues.

J'ai vu encore, chose ignoble à observer, un père et ses deux filles âgées de 18 à 20 ans coucher dans un vrai taudis, une espèce d'écurie, comme des animaux immondes sur la paille nue, et n'ayant pour se couvrir tous trois qu'une seule et même couverture en lambeaux.

Mais je m'arrête ici pour vous dire qu'afin de soulager un peu d'aussi grandes misères, les bureaux de bienfaisance de Paris distribuent des secours en nature et en argent. — Les secours en nature consistent en pain, ordinairement de 3 kilogrammes par mois, et quelquefois par quinzaine, farine pour les mères nourrices, bouillon, viande cuite et crue, portions alimentaires de la société philanthropique, bois, cottrets, falourdes, mottes, chemises, couvertures, layettes, blouses, pantalons, gilets, sabots, paillasses, paille, bains à domicile, meubles, ustensiles et poêles. Le bureau blanchit le linge et prête des draps, place les enfants en apprentissage et pourvoit à une partie de leur entretien.

Tout indigent inscrit au bureau de bienfaisance et soigné gratuitement en cas de maladie par le médecin de sa division est, ainsi que je vous l'ai dit déjà, visité par la sœur et reçoit gratuitement tous les médicaments dont il a besoin.

Quant aux secours en argent, les bureaux de bienfaisance en sont, avec juste raison, excessivement sobres ; cependant chaque mois et indépendamment des secours en nature :

Les octogénaires reçoivent, 8 fr.

Les septuagénaires, 5 fr.

Les aveugles, 5 fr.

Les infirmes, 3 fr.

Les parents d'enfants placés en apprentissage, 5 fr.

Pour chaque enfant, vacciné il est aussi donné 3 fr.

Les bureaux donnent en outre quelques secours en argent : 1° pour faciliter les mariages concubinaires ; 2° aux mères nourrices malades ; 3° aux vieillards non encore admissibles aux secours spéciaux.

Vous voulez savoir, Messieurs, à quoi les indigents inscrits aux rôles des bureaux de bienfaisance peuvent avoir droit ? Le voici : ainsi, ils peuvent encore obténir du bureau central d'admission au moyen de certificats délivrés par les bureaux de charité, la remise gratuite de bandages, jambes de bois, béquilles, et généralement tous les appareils nécessaires pour leurs infirmités.

Les passe-ports gratuits, avec subvention de 15 centimes par 4 kilomètres.

L'autorisation du commissaire de police pour brocanter et vendre dans les rues ; — la remise ou la modération du droit de patente ; — l'exemption des droits d'enregistrement et de succession ; — la délivrance, dans certains cas, des effets d'un parent décédé dans un hospice ; — l'inhumation gratuite ; — la délivrance gratuite des actes de l'état civil ; — la faculté de se présenter au conseil de l'ordre des avocats et à la chambre des avoués, des notaires et des huissiers, pour y recevoir gratuitement des consultations, et être pourvus de défenseurs dans leurs procès.

Les bureaux de bienfaisance, Messieurs, ont encore à leur charge, et considèrent comme une partie importante de leurs attributions l'entretien de plusieurs écoles de garçons et de filles, dont la direction est généralement confiée aux bons frères de la Doctrine chrétienne et aux bonnes sœurs de Saint-Vincent-de-Paule, qui justifient les uns et les autres, par les résultats obtenus, la confiance qui leur est accordée et la vénération qui les entoure.

Il est curieux de savoir, Messieurs, de quoi se composent les ressources des bureaux de bienfaisance de Paris pour secourir bien imparfaitement encore, les nombreuses misères de la capitale. Elles consistent en :

1° Une somme variable que le conseil général des hospices alloue tous les ans à chaque bureau, selon sa population, le nombre des indigents, les dons et les recettes des hospices ;

2° Les collectes, souscriptions et quêtes, les aumônes spéciales déposées dans les églises, dans les mairies et justices de paix.

3° Les legs et donations en faveur des pauvres de la ville de Paris.

Les bureaux de bienfaisance reçoivent annuellement à peu près 1,200,000 fr. dont les trois quarts proviennent de l'administration des hospices qui peut bien faire ce sacrifice, puisqu'elle a entre les mains la gestion de tous les biens-fonds et titres de rentes laissés en faveur des pauvres par une foule de généreux bienfaiteurs.

Répartie entre tous les indigents inscrits, cette somme de 1,200,000 fr. qui tout d'abord paraît énorme, ne donne cependant pas une moyenne de plus de 16 fr. par individu secouru, et cela ne vous étonnera pas, Messieurs, lorsque vous saurez qu'en 1841, le nombre des ménages indigents recevant des secours annuels ou temporaires a été de 29,282 composés de 66,487 personnes, dont la répartition prouve que le 2ᵉ arrondissement de Paris est celui où les pauvres reçoivent le plus et le 12ᵉ celui où ils reçoivent le moins ; puisque dans le premier cas il n'y a qu'un pauvre sur 33 personnes 2/3 ; tandis que dans le second il y a un pauvre sur 6 personnes 1/4 seulement (1).

Après cet exposé, Messieurs, que j'aurais dû peut-être abréger si je n'avais pensé qu'il fût de nature à vous intéresser, qu'il me soit permis de vous redire un peu ce qu'étaient autrefois les secours à domicile. En cette circonstance, je crois ne pouvoir mieux faire que de vous citer le passage suivant de M. de Gérando (2), dont les pauvres et les économistes pleurent la mort assez récente : « En France, dit cet homme de bien, il n'existait autrefois aucune loi, aucun règlement général, qui se fût occupé des secours à domicile ; mais le génie de saint Vincent de Paul y avait suppléé et l'admirable institution des sœurs de la Charité, imitée par diverses congrégations avec la plus noble émulation, avait partout offert les moyens d'établir des marmites, des pharmacies et des distributions à domicile. Dans les grandes villes, notamment à Paris, à Lyon, Bordeaux, etc., etc., des dames de charité et des commissaires attachés à chaque paroisse se distribuaient les quartiers, les rues, faisaient des visites régulières, réunissaient tous les renseignements, dirigeaient ainsi l'application des secours. »

« Un beau travail fut présenté à l'assemblée constituante par ses comités de secours et de mendicité. Les hommes distingués qui composaient ses comités, étaient remontés aux vrais principes de la matière, avaient recueilli tout ce que l'expérience des divers pays peut joindre de lumière à celles de la méditation. Mais les plans qu'ils avaient conçus eurent le même sort que ceux

---

(1) Compte rendu de l'administration des hospices, pour l'année 1841. — Voir aussi les compte rendus moraux et administratifs des divers bureaux de bienfaisance.

(2) Le visiteur du Pauvre, par le baron de Gérando, p. 353.

qui avaient pour objet l'instruction publique, l'agriculture et tous les genres d'améliorations ; ils restèrent comme des spéculations théoriques très-utiles à consulter ; ils ne purent se réaliser. Le torrent des événements politiques entraîna ces projets, leurs auteurs, avec les institutions existantes.

« Les plus violents orages de la révolution étaient à peine calmés, lorsqu'on commença à s'occuper de la restauration des établissements d'humanité. Les lois instituèrent des comités de bienfaisance pour toutes les communes de l'empire et les chargèrent de la distribution des secours à domicile. Au retour de l'ordre, l'administration, empressée à réparer les désastres qui avaient désolé notre belle patrie, dirigea généralement sa sollicitude sur les besoins des classes indigentes. Un arrêté des consuls, du 29 germinal an IX, ordonna l'établissement des marmites et les dépôts de médicaments ; deux règlements des 8 prairial an IX et 8 vendémiaire an XII, organisèrent en particulier le service des secours à domicile dans la capitale. Ce service fut confié, sous la direction du conseil général des hospices à douze comités et quarante-huit bureaux de bienfaisance ; des règles de comptabilité furent prescrites. A cette époque, les recherches et les études relatives aux établissements d'humanité, acquirent dans l'opinion une faveur remarquable : un concours d'hommes distingués par leurs vertus, leurs lumières, leur fortune, leur naissance, s'y livra avec une émulation qui ne demeura point stérile ; deux philanthropes étrangers, le comte de Rumfort et le baron de Voght, vinrent parmi nous, et contribuèrent puissamment à ces travaux, par leurs écrits, leurs exemples, leurs entretiens. L'heureuse influence que les progrès des sciences physiques exerçaient alors sur l'industrie, rejaillit sur les arts économiques, et les amis de l'humanité s'empres-

sèrent de mettre ces sciences à contribution, pour amé-
liorer la condition et le régime des classes inférieures de
la société (1). La Société philanthropique fut comme le
foyer duquel partirent surtout ces bienfaisantes émanations ; elle institua les soupes économiques, ensuite les
dispensaires; elle rallia, encouragea les sociétés de secours
mutuels entre les ouvriers ; elle réunit les hommes qui se
livraient à ces honorables travaux. C'est à cette même
époque que les hôpitaux et les hospices de Paris obtin-
rent rapidement ces grandes améliorations qui sont aujourd'hui si justement admirées.

« Les bureaux de bienfaisance établis à Paris en 1801,
ont rendu de grands services, qui sont peu connus et
qu'il est d'autant plus utile de rappeler, non-seulement
pour le soulagement de la classe indigente, mais dans
l'intérêt des bonnes mœurs et de l'ordre public. Ils étaient
généralement composés d'hommes respectables par leurs
vertus, choisis pour la plupart dans la classe moyenne
de la société, un grand nombre parmi les marchands re-
tirés des affaires; on ne pouvait voir sans être pénétré
d'estime, le zèle avec lequel ces hommes de bien se dé-
vouaient, dans l'obscurité, à des fonctions pénibles.
Mais on se plaignait, et non sans raison, d'une extrême
facilité dans l'admission des indigents, et d'un emploi
souvent malentendu dans la répartition des secours. A
l'époque de la restauration une dernière amélioration a
été apportée dans ce service, par l'ordonnance royale du
2 juillet 1816 et l'arrêté ministériel du 19. Ces améliorations avaient déjà été conçues et projetées en 1809, sous
le ministère de M. Cretet. Ce ministre avait formé près

---

(1) Qu'il nous soit permis de rappeler, en particulier, les services
rendus par MM. le duc de Larochefoucauld-Liancourt, le duc de Dou-
deauville, Parmentier, Duquesnoy, Cadet de Vaux, Cadet-Gassicourt,
Chaptal, Decandolle, B. Delessert, Bourriat, etc. (*Baron de Gérando.*)

de lui, à cet effet, une commission. Le travail rédigé par MM. B. Delessert et Camet de la Bonnardière, est le même qui a été reproduit et adopté en 1816. La maladie et la mort de M. Crétet empêchèrent dans le temps qu'il ne reçût son exécution.

« Le régime actuel créé par ces diverses dispositions nous semble ne laisser que bien peu de chose à désirer et peut servir de modèle aux institutions de ce genre dans toutes les grandes villes ; les instructions données par le conseil général des hospices pour l'exécution, embrassent, dans leur prévoyance, tout ce qui peut fonder la distribution des secours à domicile sur l'ordre, l'économie, la vigilance, et procurer le soulagement du vrai pauvre, en repoussant le faux indigent, et sans offrir le moindre encouragement à l'oisiveté. »

Après la France, Messieurs, je vous signalerai la Hollande, si justement célèbre par ses établissements d'humanité ; le Danemark ; diverses portions de la Suisse et de l'Allemagne, comme offrant l'exemple de l'utile association de la charité privée à la bienfaisance publique dans la distribution des secours à domicile.

Avant que l'Italie ne passât sous la domination française, au commencement de ce siècle, cette péninsule n'avait point de règles fixes ni d'administration quelconque pour la distribution des secours à domicile, ou plutôt, cette manière de faire la charité était pour ainsi dire inconnue dans ce pays. En revanche le zèle religieux, la générosité particulière luttaient de temps immémorial contre les divers gouvernements de cette partie de l'Europe, afin de ne pas laisser une seule misère sans soulagement, une seule affliction sans consolation ; et cela, presque toujours avec un luxe de profusion que déployaient tour à tour les gouvernements, les grands seigneurs et les nombreux couvents qui vivaient à l'ombre de la croix du Capitole. Mais aucune de ces charités n'avait pour but d'aller à la recherche du pauvre, de scruter sa vraie position et tout en le secourant de l'aider à se créer lui-même des ressources. Aussi, ce fut-il une chose nouvelle et qui réussit à merveille, quand le gouvernement français eut l'excellente idée d'associer toutes ces charités particulières à la bienfaisance administrative qui eut aussi le bon esprit de ne pas vouloir, sous ce rapport seulement, tout centraliser, tout diriger. Et, bien qu'aujourd'hui l'Italie ne soit plus soumise au régime français, ce que l'empire avait fondé n'en est pas moins resté, sauf les modifications qui ont été jugées nécessaires et la vie toute chrétienne qui a ranimé ce qui peut-être, en un certain sens, était trop matériel. L'Italie a pris à la France ses idées progressives et ses améliorations ; elle a conservé sur son sol les sœurs de Saint-Vincent de Paule dont l'institution ne s'était pas introduite en ce pays avant la révolution qui a bouleversé toute l'Europe (1).

Voici maintenant venir l'Angleterre que l'on cite si souvent comme exemple dans une foule de circonstances, et surtout quant à son régime administratif que, pour mon compte en cette occasion, il me serait impossible de

(1) En Belgique il y a un grand nombre d'institutions charitables : hospices richement dotés ; hôpitaux pour toutes espèces de misères et pour tous les âges ; bureaux de bienfaisance bien organisés ; établissements de charité dans chaque village ; partout on rencontre des preuves de la générosité et de la munificence des Belges. Plus de dix millions et demi sont consacrés annuellement à la bienfaisance publique en Belgique, savoir :

Hospices et hôpitaux civils............	4,246,503 fr.
Bureaux de bienfaisance...............	5,308,099
Enfants trouvés et abandonnés..........	614,609
Dépôts de mendicité..................	421,640
Total............	10,590,855 fr.

(*Statistique de la Belgique*, par Xavier Heuschling.)

vous offrir comme un modèle à suivre, en ce qui touche
la distribution de secours aux nombreuses classes indigentes. Je veux parler de la taxe des pauvres, de cette mon-
struosité, née à l'époque de la réforme protestante en 1531,
sous le règne de l'infâme Henri VIII; de cet impôt exor-
bitant qui, chaque année, s'accroît de plus en plus au
grand déplaisir des contribuables, et dont je vous retra-
cerais l'origine et l'histoire si je n'avais hâte de revenir
en France, pour achever auprès de vous la tâche que je
me suis imposée.

Vous avez vu, Messieurs, que l'énorme somme de
1,200,000 fr. était dépensée annuellement, par les
bureaux de bienfaisance, dans la seule ville de Paris,
pour secourir constamment ou temporairement 66,487
personnes. Eh bien, quoique cette somme doive vous
paraître exorbitante, elle ne suffit cependant pas pour
soulager les nombreuses misères qu'enfante le grand ré-
ceptacle parisien. Et si une foule de sociétés particulières
ne venaient en aide à l'indigence et au malheur, en vérité je ne sais comment l'administration pourrait faire
pour ne pas succomber sous le poids des charges qui lui
seraient imposées. Grâce à Dieu, les âmes charitables sont
encore en plus grand nombre qu'on ne le pense et savent,
malgré beaucoup de difficultés qui leur sont créées, aussi
bien par les tracasseries administratives que par des
particuliers et les pauvres eux-mêmes, faire encore
beaucoup de bien, moralement et physiquement.

Messieurs, le nombre des associations charitables de
Paris est si considérable, qu'il s'est formé une société
composée seulement des secrétaires des principales
œuvres ou associations de la capitale, pour faciliter entre
elles les échanges de service et les rapports de charité.

Cette société qui a pris le titre de Comité des œuvres, se
réunit tous les mois chez madame la baronne de Condé et

a pour secrétaire M. de Godefroy. Elle est représentée dans la presse parisienne par le *Bulletin de la société des établissements charitables* et les *Annales de la charité*.

La principale de toutes ces œuvres et celle qui, sans contredit, se rapproche le plus des bureaux de bienfaisance, est la Société de Saint-Vincent de Paule dont j'ai eu l'honneur de faire partie depuis son origine en 1833 jusqu'en 1837. — Cette société, sur laquelle je m'arrêterai quelques instants, a pour objet la visite des pauvres et surtout des pauvres honteux. Elle se compose en grande partie de jeunes gens chrétiens, appartenant pour la plupart aux écoles de droit, de médecine, des beaux-arts, ainsi qu'à diverses administrations et au commerce, lesquels, voulant consacrer par semaine quelques heures à faire du bien, se distribuent entre eux les familles les plus malheureuses, leur portent des secours en pain, viande, bois, protégent et surveillent les enfants, placent les apprentis, cherchent à procurer aux adultes des emplois et du travail, et se font les intermédiaires entre les familles qu'ils visitent et toutes les ressources que la société et la charité ont préparées pour les pauvres. — La Société de Saint-Vincent-de-Paule se divise à Paris en conférences, dont chacune se compose des membres de la société qui visitent les familles pauvres de la même paroisse. — Une fois par semaine, la conférence se réunit pour s'occuper des intérêts de ses protégés, se partager les bons à distribuer, etc. — La séance se termine par une quête avec le produit de laquelle on paye les secours distribués en nature aux divers fournisseurs. Cependant, plusieurs conférences se créent des ressources extraordinaires par une quête à l'église, une loterie, des souscriptions.

Afin qu'une entente parfaite règne entre les diverses conférences de Paris, elles sont unies entre elles par un conseil composé de tous leurs présidents, et dont la caisse, fournie par dixième des ressources extraordinaires de chaque conférence, est destinée à venir au secours de celles qui sont les plus pauvres et les plus obérées, à fonder de nouvelles œuvres de charité, etc. Le conseil s'occupe des questions qui intéressent toutes les conférences de Paris, et sert d'intermédiaire entre toutes. Il se réunit tous les lundis, à trois heures et demie, au siége de la société, rue des Fossés-Saint-Jacques, 11.

Dans le but d'une union encore plus grande et plus intime entre tous les membres de la société de Saint-Vincent-de-Paule, elle se réunit quatre fois par an, en assemblée générale, ordinairement sous la présidence d'un archevêque ou d'un évêque, et de membres des corps savants. Dans ces réunions, il est rendu compte des travaux, des progrès et des ressources de la société.

Un comité de patronage est chargé aussi de la surveillance des enfants à l'école et en apprentissage.

Indépendamment de ces derniers soins et de la visite à domicile des pauvres familles, la société s'occupe encore de l'instruction des militaires, de la visite dans les hôpitaux, et prête son concours à toutes les œuvres de charité qui le réclament.

Messieurs, la société de Saint-Vincent-de-Paule compte à Paris seulement : 40 conférences et 900 membres actifs; 1,300 se sont fait inscrire sur les listes; elle visite et secourt 1,928 familles, et patronise 600 enfants.

Non contente de venir en aide aux pauvres de la capitale, la société de Saint-Vincent-de-Paule a voulu se multiplier en province, à un tel point, qu'aujourd'hui elle compte 145 conférences qui se sont établies dans plus de cent villes de France.

Rome, la Sardaigne, la Belgique, Dublin, Edimbourg, Londres, Alger, Constantinople, Mexico, comptent dans

leur sein plusieurs de ces conférences composées en
grande partie de Français charitables qui se sont im-
posé le devoir de secourir principalement leurs compatriotes malheureux qui habitent ces différents pays.
J'ajouterai, Messieurs, comme digne de remarque et
d'admiration, qu'une conférence s'est établie à l'école
normale de Paris et une autre à l'école polytechnique.

Au moment où je parle, le nombre total des membres
de la société de Saint-Vincent-de-Paule est d'environ
3,500, et celui des familles visitées de 5,400.

Toutes ces conférences, tant de Paris que des départements, sont unies entre elles par le conseil général sié-
geant à Paris.

Après ces détails sur cette unique et admirable société
de Saint-Vincent-de-Paule, composée en grande partie
de jeunes gens qui prélèvent chaque semaine quelques
francs sur leurs menus plaisirs, et quelques heures sur
leurs courts instants de loisir, pour secourir les pauvres
honteux, je ne ferai qu'énumérer, Messieurs, toutes les
œuvres de charité qui abondent dans la ville de Paris,
et je les classerai en trois catégories, en ayant le soin
d'éviter les répétitions.

En premier lieu viennent les œuvres générales et
spéciales qui ont pour but la visite, le soulagement ou
la guérison du pauvre. Ce sont :

La société des Dames des pauvres malades ;
La société charitable de Saint-François-Régis ;
L'œuvre de la Visite des hôpitaux et l'Ouvroir des convalescents ;
La société de la Miséricorde ;
La société de la Providence ;
L'œuvre des Prisonniers pour dettes ;
L'œuvre des Dames visitant les prisons ;
La société Philanthropique ;
La société des Amis des Pauvres ;
La société en faveur des pauvres vieillards ;

La société médicale d'Accouchement ;

La société de Patronage et de secours pour les Aveugles en France ;

Le Dispensaire, pour le traitement gratuit des maladies des yeux et des oreilles ;

Les associations de charité dans les paroisses, au nombre de six ;

La société Helvétique de bienfaisance ;

La société Israélite des Amis du travail ;

L'Asile-Ouvroir, pour les nouvelles accouchées ;

Les œuvres et maisons de refuge du Bon-Pasteur et de Saint-Michel et des Filles-Repenties ;

La Maison de retraite pour les ecclésiastiques ;

La société de Saint-François-Xavier, pour la moralisation des ouvriers.

Cette œuvre a acquis à Paris et en province un admirable et fort heureux développement.

Après cette énumération d'œuvres charitables, il est convenable de rappeler ici, Messieurs, les différentes communautés religieuses de Paris vouées au service des pauvres. Ce sont :

Les Sœurs de Saint-Vincent-de-Paule ;

Les Dames Hospitalières de Saint-Thomas-de-Villeneuve ;

Les Augustines, qui, de temps immémorial, servent les malades de l'Hôtel-Dieu, de l'hôpital Saint-Louis et de la Charité ;

Les Filles de la Charité de Nevers ;

Les Dames de Bon-Secours ;

Les Dames de Notre-Dame-de-la-Charité ;

Les Sœurs de Saint-André ;

Les Dames de la Compassion de la Sainte-Vierge ;

Les Sœurs de Sainte-Marthe.

Toutes ces admirables filles rendent tant de services aux classes malheureuses, les entourent de soins si tendres, si délicats et si dévoués, qu'il me faudrait beaucoup de temps pour vous en rendre un compte qui serait, à n'en pas douter, fort intéressant.

Dans une seconde catégorie, je vous signalerai :

La fondation Monthyon, pour les convalescents sortant des hôpitaux ;

La filature en faveur des indigents ;

Les secours de la liste civile ;

Les secours du ministère de l'intérieur ;

Ceux du ministère de la guerre ;

La belle et bienfaisante fondation Monthyon pour le prix de vertu ;

Les Monts-de-piété, dont le premier fut établi à Pérouse, en 1450, par un moine italien, Barnabé de Terni, et que Louis XVI fonda en France, par lettres patentes du 9 décembre 1777 (1) ;

Les Caisses d'Épargne et de prévoyance.

Dans le but de parer un peu au mal profond et souvent incurable que produit l'usure ou prêt à la petite semaine, une banque philanthropique de prêt à faible

---

(1) Un établissement, jusqu'ici sans imitateurs, est l'*œuvre du prêt gratuit et charitable*, dont la ville de Montpellier est heureusement dotée. Fondé par quelques citoyens assez modestes pour avoir désiré de rester inconnus, soutenu par le zèle d'une famille honorable, la famille Rey, cet établissement, créé d'abord pour les pauvres, prête aujourd'hui jusqu'à *quatre mille francs sur gages et sans intérêts*. Les administrateurs poussent la délicatesse jusqu'à ne point écrire, sur le registre et la reconnaissance, le nom de l'emprunteur : il est seulement inscrit dans un billet cacheté et attaché à l'objet donné en gage. (Voir *Garonne, histoire de Montpellier*.)

Le département des Hautes-Alpes possède aussi une admirable institution, je veux parler des *greniers d'abondance*, qui sont des établissements publics, destinés à venir au secours des malheureux en temps de disette, mais qui font plus particulièrement des prêts aux cultivateurs et aux pères de famille, peu aisés et chargés d'enfants, qui manquent de semences ou de denrées nécessaires à leur subsistance ; les prêts ont lieu sur gages ou sur caution. Établis d'abord par des offrandes généreuses, les fonds de ces greniers se sont accrus par des legs en grains, faits en faveur des pauvres cultivateurs. L'intérêt, en nature, que payent les cultivateurs, sert à maintenir leur réserve, à couvrir les dépenses de loyer et de manutention ; l'intérêt des prêts est variable : il se monte du trente-deuxième au dixième de la mesure, suivant l'époque de l'année où les remboursements, toujours en nature, sont faits. (Voir *la Description des Hautes-Alpes*, par Fornaud.)

intérêt a été établie à Paris, sous la direction de M. Nestor Urbain.

Afin aussi de détruire une des plus ignobles spéculations fondées sur la triste position des ouvriers sans travail, un bureau de placement purement gratuit vient d'être établi à Paris, où viennent se faire inscrire ouvriers et domestiques, qui, sans cela, sont souvent obligés de faire des sacrifices d'argent considérables avant de trouver une place à peu près convenable.

Puis, pour en finir avec cette deuxième catégorie :

La société des Naufrages ;

La compagnie des Sauveteurs de la Seine ;

Le comité de la Terre-Sainte et de Syrie ;

Les sociétés de Prévoyance et de Secours mutuels, fondées par des ouvriers, et qui sont aujourd'hui au nombre de 200 environ, représentant 20,000 sociétaires ;

Les sociétés de Compagnonage, qui, grâce à Agricol Perdiguier, perdent de plus en plus ce caractère exclusif et presque sauvage, qu'elles ont gardé pendant trop longtemps, pour revêtir celui de bienveillance et de charité entre tous les ouvriers d'une même profession.

Avant de passer à une troisième catégorie, Messieurs, permettez-moi de vous arrêter quelques instants sur la société de Saint-François-Régis, qui a été fondée en 1826 pour faciliter le mariage civil et religieux des pauvres de Paris et des environs qui vivent dans le désordre, et la légitimation de leurs enfants naturels.

Cette société rend de si grands services, qu'en une seule année (1841), elle a fait réhabiliter à Paris et dans la banlieue 780 mariages et légitimer 804 enfants (1).

Elle se charge de toutes les correspondances et de tous les frais qu'entraîne la célébration du mariage.

Des sociétés analogues se sont déjà établies dans vingt-

_____

(1) *Voir* le compte rendu de cette société, pour l'année 1841.

trois villes de France, ainsi qu'à Louvain, Bruxelles et Constantinople.

Dans une troisième et dernière catégorie, je vous indiquerai, Messieurs, les œuvres qui s'occupent de la naissance, de l'éducation, de l'apprentissage, de l'abandon, des maladies et des infirmités des enfants des deux sexes.

En tête se place naturellement la Société de Charité maternelle fondée en 1788 sous les auspices de la reine Marie-Antoinette, et qui a pour but d'assister les pauvres femmes en couches, de les aider et de les encourager à nourrir leurs enfants. Ensuite viennent :

L'association des Mères de famille, qui assiste celles des pauvres femmes en couches non secourues par la Société Maternelle;

L'établissement des Crèches pour les enfants pauvres au-dessous de deux ans, dont les mères travaillent hors de leur domicile et se conduisent bien;

L'hospice des Enfants-Trouvés et Orphelins réunis;

L'œuvre des Orphelins du choléra-morbus, qui, fondée en 1832, par M. de Quélen, et après avoir accompli sa tâche avec le zèle de la charité la plus intelligente, vient de se dissoudre, en rendant un compte détaillé et fort étendu de ses opérations;

L'œuvre du patronage des Enfants de Saint-Vincent-de-Paul;

L'admirable et utile établissement de Saint-Nicolas, qu'on pourrait appeler la succursale de l'hospice des Orphelins, fondé par l'abbé de Bervanger;

La société des Amis de l'Enfance;

L'œuvre de Saint-Jean;

La société pour le placement des jeunes orphelins;

L'œuvre des Apprentis et Ouvriers;

L'œuvre si touchante des jeunes Savoyards et Auvergnats, fondée en 1751 par l'abbé de Pontbriand, et rétablie en 1815 par le respectable abbé Legris-Duval;

L'œuvre des salles d'asile, sur laquelle j'aurai l'honneur de vous dire quelques mots dans un instant;

La société charitable des Écoles chrétiennes gratuites du 10e arrondissement;

L'œuvre du petit noviciat des Frères des Écoles chrétiennes;

L'œuvre si importante et fort répandue des Écoles chrétiennes, fondée en 1681 par l'abbé de La Salle;

L'œuvre du Catéchisme et des Paroisses, pour les jeunes garçons.

Ces différentes œuvres, Messieurs, à l'exception des six premières, qui sont communes aux deux sexes, n'assistent que les jeunes garçons seulement, depuis l'âge le plus tendre jusqu'à l'adolescence. Voici maintenant la nomenclature des œuvres destinées spécialement aux jeunes filles de tout âge.

En premier lieu je signalerai à votre attention les écoles charitables et gratuites des sœurs de Saint-Vincent-de-Paule, puis les maisons tenues par les mêmes religieuses, et recevant des pensionnaires pauvres ou orphelines. Ces maisons si utiles sont au nombre de vingt répandues dans les divers quartiers de Paris et reçoivent en totalité 1,120 jeunes filles pauvres qui sont ordinairement gardées de sept à vingt ans.

Ensuite viennent se ranger :

L'association des Jeunes Économes;

L'association de Sainte-Anne;

L'œuvre des Paroisses et des Catéchismes, pour l'éducation et le placement des jeunes filles pauvres;

Les divers établissements charitables pour les jeunes filles pauvres ou abandonnées, qui sont au nombre de six, et dont le plus important est la Maison de la Providence, fondée en 1820 par le respectable abbé Desgenettes;

L'œuvre de l'Immaculée Conception;

La Maison de refuge pour les jeunes Sourdes-Muettes, pour celles d'entre elles que la misère de leurs parents laisserait sans appui à la sortie des grands établissements;

La société de patronage pour les jeunes filles libérées et abandonnées;

L'œuvre pour l'éducation et l'instruction chrétienne;

L'association des Institutrices;

Les différentes bibliothèques de paroisses, qui prêtent gratuitement aux personnes indigentes des livres où la morale, la religion et l'histoire sont présentées en général sous une forme
piquante, et où l'agréable ne le cède en rien à l'utile.

Comme complément à toutes ces œuvres, je dois citer
encore les admirables classes d'adultes des dimanches et
celles du soir pour les jeunes ouvriers. Ces écoles sont fré-
quentées par des hommes et des femmes de tout âge, et
sont pour la plupart, tenues par les frères de la Doctrine
chrétienne et les sœurs des différents ordres qui consa-
crent avec le zèle le plus louable, leurs courts instants
de loisir, au service moral et intellectuel des classes laborieuses des deux sexes.

Enfin, Messieurs, j'ai encore à vous signaler deux importantes et admirables institutions ; la première est l'institution royale des Jeunes Aveugles, fondée à la fin du
siècle dernier par Haüy, le frère du savant minéralogiste
l'abbé Haüy, et où, indépendamment de 60 garçons et
de 30 filles, élevés pendant huit ans aux frais de l'État,
on reçoit aussi des pensionnaires payants.

Dans cette maison placée successivement sous l'intelligente direction de MM. Pigné et Dufau, les jeunes aveugles apprennent, par des procédés particuliers et extrê-
mement ingénieux, la lecture, l'écriture, la géographie,
l'histoire, les langues anciennes et modernes, les mathé-
matiques, la musique vocale et instrumentale ; et plusieurs métiers, tels que l'imprimerie, la reliure, la vannerie, la sparterie, la filature et le tricot.

Quant à l'institution royale des Sourds-Muets, vous
connaissez tous Messieurs, le nom de son fondateur,
l'abbé de l'Epée, et celui du successeur de ce dernier,
le savant abbé Sicard. Nommer ces deux hommes, c'est
en faire l'éloge le plus parfait. Comme dans l'établissement des Jeunes Aveugles, l'institution des Sourds-Muets

reçoit 160 élèves, des deux sexes, qui y sont entretenus aux frais de l'État. Il y a aussi des demi-bourses, indé-pendamment des élèves qui payent une pension annuelle.

L'importance de cette admirable institution a été si vivement et si généralement sentie, qu'en France seule-ment, il existe actuellement trente-deux établissements, ayant pour but le soulagement et l'éducation des mal-heureux enfants affectés de surdi-mutisme, et qu'un journal fondé à Nancy, par M. Piroux, se publie tous les mois afin de défendre la cause de ces pauvres infirmes, d'une part, et propager les méthodes de perfectionne-ment mises en usage pour l'éducation et l'instruction des jeunes sujets qui, en général, ne parlent pas parce qu'ils n'entendent pas (1).

Messieurs, avant d'aller plus loin, permettez-moi de vous dire les quelques mots que je vous ai promis sur la belle institution des salles d'asile. Voici l'origine de cette œuvre.

Depuis quelque temps, madame la marquise de Pas-toret, qui, alors comme aujourd'hui, habitait son hôtel de la place Louis XV, remarquait très-souvent, appuyée sur les balustrades qui ferment les fossés convertis en jar-dins de cette même place Louis XV, une femme, jeune encore, accompagnée de trois petits enfants, dont l'aîné n'était guère âgé que de cinq ans. Cette femme, en s'occu-pant à repriser ses bas ou ceux de sa famille, recevait ce que la commisération publique voulait bien lui donner à titre d'aumône. Madame de Pastoret elle-même lui avait donné plusieurs fois. Un jour cette charitable dame, après avoir exercé sa bienfaisance habituelle en-vers cette famille de malheureux, adressa la parole à la

(1) *Voir* les statistiques et les diverses circulaires publiées par l'insti-tution des Sourds-Muets de Paris.

mère de ces petits enfants, et lui demanda comment il se
faisait qu'une femme jeune encore et entièrement valide
se livrait ainsi à la mendicité, exposant ses pauvres enfants à toutes les injures du temps, ainsi qu'aux mauvaises habitudes qu'ils pouvaient contracter sur la place
publique. Alors, cette jeune mère, après avoir versé des
larmes abondantes, avoua à madame de Pastoret, que
la seule cause qui l'empêchait de se livrer à un travail
qui, disait-elle, serait assez productif, était qu'elle ne
savait à qui confier ses pauvres petits enfants qui, trop
jeunes pour fréquenter les écoles gratuites, peu nombreux
alors, avaient encore besoin de sa surveillance et d'une sollicitude toute maternelle. Ce seul aveu, Messieurs, ouvrit
les yeux à madame de Pastoret; elle comprit qu'il manquait un établissement où les enfants du pauvre ouvrier pussent être admis de deux à six ans, et confiés du
matin au soir, et en toute sûreté, à la garde d'autres personnes que toutes ces mégères qui s'instituent fort mal
à propos *gardeuses d'enfants*. Aussitôt cette dame trouva
une personne qui remplissait toutes les conditions voulues pour une pareille mission, elle loua une salle convenablement appropriée et qui fut garnie du matériel
nécessaire pour recevoir de jeunes enfants; la pauvre
femme y plaça les siens et put ainsi exercer une profession assez lucrative; d'autres enfants appartenant à
de pauvres ouvriers vinrent grossir le nombre des premiers entrés. Dès ce moment, l'œuvre des salles d'a-
sile fut fondée. Ceci se passait en 1810. Aussitôt que le
bruit de cette œuvre, petite en apparence, mais grande en
résultats pour l'avenir, fut répandu, une jeune Anglaise
s'empresse d'aller la visiter, et avec ce coup d'œil rapide
et observateur tout à la fois qui caractérise nos rivaux
en industrie, elle s'empare de l'idée-mère qui avait pré-
sidé à la fondation de cette petite réunion d'enfants, et s'en

retourne à Londres, où, aidée d'un membre de la chambre
des communes, qui publie en son nom un ouvrage sur
ce genre d'établissement, elle fonde le premier de ces *asi-*
lums qui se sont si promptement répandus et en si grand
nombre dans toutes les îles britanniques, que, lorsqu'en
1827 ou en 1828, M. Cochin eut la pensée bien heureuse,
d'établir à Paris ces salles d'asiles, auxquelles il était si
dévoué, on crût généralement qu'il avait pris cette idée
aux Anglais, qui ne doivent assurément pas réclamer l'i-
nitiative de cette belle institution. C'est ainsi qu'il en a
été de toutes les belles et grandes découvertes industrielles, et principalement de celles concernant la vapeur, et ses diverses applications. Ce sont des Français,
tels que Papin, de Jouffroy, Cavé et Dallery, qui ont in-
venté toutes les admirables choses dont nous sommes témoins ; et l'Angleterre, pour quelques modifications ap-
portées à nos inventions nationales, en a revendiqué la
priorité. Mais aujourd'hui que la vérité se fait jour, il
n'est plus possible à nos rivaux d'outre-manche, de sou-
tenir leurs prétentions, pas plus sous le rapport industriel
que sous le point de vue d'institution des salles d'asile, des
établissements de sourds-muets et de jeunes aveugles.

Depuis 1828, Messieurs, le nombre des salles d'asile
dans la ville de Paris seulement, s'est accru d'une manière prodigieuse ; on en compte vingt en ce moment.
Presque toutes les villes de France se sont empressées de
suivre cet exemple, et nous autres habitants d'un pays
où la population enfantine est si nombreuse, sommes encore privés de ce bienfait dont nos neveux et nos descen-
dants recueilleraient le fruit, puisque les enfants, avant
de fréquenter les écoles, seraient déjà façonnés à la discipline, auraient déjà reçu les premières notions de religion, de morale, de lecture, de calcul, de chant et des
travaux d'aiguille pour les petites filles. Car vous le savez

Messieurs, ces salles d'asiles, que je ne me lasse pas d'admirer, sont une espèce de gymnase où l'enfance, tout en s'initiant aux premières connaissances que je viens d'énumérer, apprend à diriger les mouvements de son esprit, de son cœur, et de son corps même ; à vivre en société, à aimer et à obéir.

Et puis, Fénelon l'a dit avec cette admirable pureté de pensée et de langage qui le caractérise : « La jeunesse est « la fleur d'une nation : c'est dans la fleur qu'il faut cul- « tiver le fruit. »

Aussi, Messieurs, viens-je encore en ce jour plaider auprès de vous, de M. le maire et du conseil municipal en particulier, pour l'établissement en cette commune d'une salle d'asile ; les raisons qui militaient il y a deux ans en faveur de cette institution sont, non-seulement les mêmes, mais elles sont plus impérieuses encore, si toutefois nous voulons bien ne pas seulement considérer le présent, mais juger de l'avenir par le passé. Car le passé n'est pas brillant sous le rapport moral, en ce qui concerne cette commune.

Depuis huit ans que j'habite ce pays, les annales judiciaires et les tribunaux de différents degrés, ont fait connaître au public les noms des malheureux jeunes gens nés ou élevés à Mennecy, qui se sont laissés entraîner au crime, soit contre les propriétés, soit contre les personnes. En huit ans nous avons pu faire le triste calcul de tous ces malheureux dont le nombre s'est élevé pendant ce court espace de temps à *trois pour homicides ou tentatives d'homicides ; à six pour vols* avec ou sans effraction ; *à trois pour attaques nocturnes* en état d'ivresse. Il n'y a pas jusqu'au tribunal de simple police qui n'ait eu à prononcer contre les fauteurs de ces saturnales scandaleuses qu'on est convenu d'appeler *charivari*, et dont nous sommes tous les ans témoins. Notez bien, Messieurs, que

4

j'omets une foule de délits et de crimes contre les propriétés et contre les personnes, que, dans leur indulgence, que je ne me permets pas de censurer, les divers
administrateurs de cette commune ont bien voulu juger
eux-mêmes, voulant en cela éviter aux coupables, les
suites trop souvent funestes d'un emprisonnement plus
ou moins long. Si à cela j'ajoutais les rixes fréquentes et
nombreuses qui bien souvent donnent lieu à l'effusion du
sang, les voies de fait si fréquentes auxquelles se livrent
les hommes envers leurs femmes, la liste de toutes les
misères morales que j'ai constatées dans Mennecy, serait
bien allongée et ne ferait qu'augmenter les réflexions
pénibles qui naissent en foule à la suite de ce triste tableau, de ce bilan moral, où, vous l'avez vu, Messieurs,
je n'ai pas fait figurer les nombreuses naissances illégitimes ou d'enfants naturels qui ont eu lieu à Mennecy depuis plusieurs années.

Si maintenant, Messieurs, nous recherchons les causes
de tout ce mal, nous le trouverons :

1° Dans l'absence ou la mauvaise direction d'une éducation première qui, au lieu d'être dispensée par des
personnes intelligentes et sages, joignant la pratique à
l'exemple, était autrefois tout à fait nulle, ou entachée
de mauvais propos et d'exemples souvent funestes.

2° Dans la mauvaise volonté ou l'indifférence coupable
de la plupart des parents qui ne comprennent pas la su-
blime mission que Dieu leur a confiée, et qui trop souvent se sont mariés, avant de s'être pénétrés des devoirs
importants de la paternité; avant d'avoir réfléchi qu'un
jour, en cette vie ou en l'autre, il leur sera demandé
compte, par leurs enfants eux-mêmes, de l'usage qu'ils
auront fait de leur pouvoir et de leur puissance morale.

3° Dans les mauvais exemples et quelquefois les mau-

vais conseils que ces mêmes parents donnent eux-mêmes
à leurs malheureux enfants (1).

4° Enfin dans l'éloignement ou la nullité de l'influence
religieuse et chrétienne, seule capable de diriger les
esprits et les cœurs vers le bien, en les écartant de la voie
du mal.

Et cette dernière cause, Messieurs, est pour ainsi dire
la seule ; à elle se rapportent toutes les autres ; car de
l'enseignement et de la pratique de la religion dépend
tout le bien moral dont nous pouvons jouir ; de même
qu'en l'absence de ces deux choses on voit naître et pul-
luler les crimes et les délits. Si vous vouliez vous en con-
vaincre, vous n'auriez qu'à consulter les statistiques
et les documents divers publiés par le ministère de
la justice ou par des économistes distingués, tels que
MM. de Coux, Rubichon, de Renneville, de Villeneuve,
Naville, Gœury, Schœn, Dufau, Quetelet, etc. ; là, vous
verriez que l'instruction seule, sans l'éducation religieuse, ne diminue pas le crime, mais le perfectionne ;
que les populations les plus arriérées sous le rapport intellectuel sont aussi celles où les mœurs sont les plus
pures et les plus solides.

S'il m'était permis, Messieurs, de me citer à la suite des
hommes distingués dont je viens de vous faire connaître
les noms, je vous dirais, que pendant environ un an, et de
concert avec quatre jeunes étudiants en droit, membres
comme moi, de la société de Saint-Vincent-de-Paule, j'ai
été assez heureux pour donner des leçons de catéchisme,
de lecture et d'écriture aux jeunes détenus de l'ancienne

(1) M.-L. Leclerc (*Notice sur les colonies agricoles*) dit avoir vu un
enfant de dix ans que son père a pendu à un arbre pour n'avoir pas
réussi dans le vol d'une volaille ; la corde fut lâchée, juste à temps, avec
les plus terribles menaces de pendaison définitive, si l'on ne rapportait
pas le gibier. L'enfant fut arrêté en flagrant délit.

maison du Refuge, à Paris. Dans cette œuvre de charité, j'avais pour mission d'enseigner à lire à ceux qui ne le savaient pas, de faire réciter le catéchisme et aussi d'interroger avec tous les ménagements possibles chacun de ces malheureux enfants, sur son éducation première, sur les causes prochaines ou éloignées de son incarcération. Eh bien, Messieurs, je puis le dire avec assurance et d'après mes propres renseignements, ce qui est résulté pour moi de ces divers examens, c'est la conviction profonde, intime, que si la religion et la religion, seule, avait exercé son influence bienfaisante sur les premiers désirs et les premières pensées de ces malheureux réclus ; si son action moralisatrice avait été continuée à l'égard de la plupart d'entre eux, je n'aurais pas eu à m'enquérir des causes d'un emprisonnement qui n'aurait jamais eu lieu pour eux, puisqu'à chaque faux pas qu'ils auraient pu faire, le sentiment du devoir chrétien se serait fait entendre à leur conscience et les eût faits rentrer dans le chemin de la vertu. « Car, dit le duc de Levis, la nature humaine « est si faible, que les hommes sans religion me font « frémir avec leur périlleuse vertu, comme les danseurs « de corde avec leur dangereux équilibre (1). »

Malheur au siècle aveugle où l'enfance est impie !
C'est l'erreur du passé que l'avenir expie.
Le germe où Dieu n'est pas ne produit que la mort (2).

Permettez-moi, Messieurs, de vous citer à cette occasion le passage suivant, extrait du n° du 20 février dernier de *la Revue de Paris*, journal semi-officiel.

« Nos archives criminelles viennent de s'enrichir d'une page lugubre. Depuis le 1er janvier, neuf exécutions ca-

(1) *Pensées et Réflexions morales*, par le duc de Levis.
(2) Poésies d'Amédée Pommier.

pitales ont eu lieu, tant à Paris qu'en province. Parmi les malheureux qui sont venus expier leurs forfaits sous le glaive de la loi, tous, à l'exception d'un seul livrée à la paresse, ont été poussés au crime par le besoin de se procurer des ressources pour assouvir leurs grossiers appétits, leurs hideuses débauches, *tous* en *présence des pieuses exhortations de leurs confesseurs, ont avoué qu'ils n'avaient jamais été initiés aux préceptes de la morale et de la religion,* qu'ils n'avaient jamais eu d'autre guide que la voix déréglée de leurs passions. L'un d'entre eux, Fourrier, s'est mis à maudire son père et sa mère, parce qu'ils ne l'avaient pas élevé dans des principes de religion et de moralité. « Ces faits sont lamentables : ils *prouvent la nécessité de répandre partout l'éducation morale* (1). »

Et c'est bien ici le cas de répéter ce que disait Burke, le célèbre publiciste anglais : « qu'on ne cesse de recom-
« mander au peuple la patience, la frugalité, le travail,
« la sobriété et la religion, car le reste n'est que fraude
« et mensonge (2). »

(1) *La Revue de Paris*, du jeudi 20 février 1844.

(2) « Il est bien à regretter que dans les comptes rendus de la justice criminelle on n'ait pas encore songé à rechercher la proportion des incrédules, des indifférents et des hommes religieux traduits devant les tribunaux. En l'absence totale de documents officiels sur ce point important, je me bornerai à donner ici les résultats de mon expérience particulière, comme médecin légiste. D'après les faits nombreux dont j'ai été témoin, et les renseignements qui m'ont été communiqués, soit par les familles, soit par le ministère public, je crois pouvoir avancer, sans crainte d'être démenti, que sur 100 individus accusés de crimes, 50 pourraient être rangés parmi les indifférents en matière de religion, 40 parmi les incrédules, et 10 parmi les croyants.

« D'un autre côté, sur une centaine de suicides, je n'en ai constaté que quatre commis par des personnes d'une piété reconnue ; c'étaient trois femmes mélancoliques, dont deux se sont précipitées dans un puits, et dont l'autre s'est asphyxiée par la vapeur du charbon, après avoir placé un grand crucifix sur sa poitrine. Le quatrième individu était le précepteur de l'infortuné Labédoyère, le vénérable abbé Viard, que je connaissais de-

Me voici, Messieurs, naturellement amené à vous toucher un mot des établissements qui ont pour but de réprimer et de réformer les malheureux enfants au-dessous de 16 ans, qui ont succombé aux mille tentations qui les entouraient, et auxquelles ils n'ont presque jamais eu à opposer la vue ou la pratique constante du bien.

En premier lieu, je dois citer le bel et grand établissement ou pénitencier de la rue de la Roquette, à Paris ; et la maison de correction paternelle qui y est annexée.

Ensuite viennent : 1° l'importante et si utile colonie agricole de Mettray, fondée en 1837 dans le département d'Indre-et-Loir, par MM. de Metz et de Brétignière, qui dirigent avec un zèle admirable cette belle institution (1).

2° L'établissement de Marseille, fondé et dirigé avec la plus intelligente charité, par M. l'abbé Fissiaux.

3° Le Petit-Mettray, fondé près d'Amiens, par M. le comte de Rayneville, qui de colonie d'enfants qu'était cet établissement, est devenu une maison de refuge pour les pauvres mendiants valides et invalides du département de la Somme.

4° La colonie des jeunes détenus, fondée à Quevilly, près de Rouen, par MM. Lecointe et Duhamel.

5° La belle colonie du même genre, fondée à Bordeaux

puis longtemps, dont la raison était complètement dérangée par l'âge et le chagrin.

« Voir, dans le tome ix du *Bulletin de l'Académie royale de Bruxelles*, la note de M. le chanoine de Ram, sur l'utilité d'une statistique criminelle dans ses rapports avec les principes religieux. » (Descuret, *la Médecine des passions*.)

(1) Le gouvernement, par les soins éclairés de M. le ministre de l'intérieur, qui est lui-même un économiste distingué, vient de former auprès de chaque maison centrale, quoique sur une plus petite échelle, une colonie semblable à celle de Mettray.

avec toute l'ardeur apostolique qui anime monseigneur Dupuch, le respectable évêque d'Alger.

6° Une autre colonie agricole destinée à recevoir trente jeunes détenus, fondée à Saint-Ilens (Morbihan), et à ses frais, par un riche et généreux propriétaire, M. Duclésieux.

7° Enfin la société des intérêts généraux du protestantisme français, a aussi établi pour les jeunes détenus, ses co-religionnaires, une colonie agricole à Sainte-Foy, dans le département de la Dordogne, dont la direction est confiée à M. le pasteur Martin.

Mais, Messieurs, s'il est utile et digne des plus grands encouragements de fonder des établissements où l'on se propose de réprimer les mauvais penchants ; de mettre à la place du mal qui tue l'âme et le corps, le bien qui les vivifie ; il ne l'est pas moins, ce me semble, de propager la création d'institutions où, tout en donnant aux enfants pauvres une éducation professionnelle, on les élève dans l'enseignement et la pratique de la morale la plus pure et la plus belle qui ait jamais été enseignée ici-bas, la morale chrétienne ; de fonder des institutions, dont les enfants qui en sortiront plus tard, puissent avoir en mains les moyens de vivre convenablement en se livrant à un travail productif, en évitant l'oisiveté qui mène toujours à l'indigence et par conséquent au vice. Car, comme le disait Grégoire XVI, dans son rescrit sur les caisses d'épargnes : « La misère et la faim conduisent au mal. »

Ce sont donc les colonies agricoles pour les enfants pauvres et orphelins que je vais avoir l'honneur de vous faire connaître. En suivant l'ordre d'ancienneté nous trouvons :

1° La colonie agricole de Saint-Firmin, fondée en 1827, dans le département de l'Oise, par M. Bazin, sous le patronage de monseigneur l'évêque de Beauvais, et confiée présentement à la direction de M. l'abbé Caulle.

2° La colonie de Monbellet, près de Mâcon, fondée en 1830 pour les enfants trouvés et orphelins, par les soins intelligents de M. Delmas, préfet de Saône-et-Loire.

3° La colonie de Saint-Antoine, près de Saint-Genis, (département de la Charente-Inférieure). Cette colonie, fondée en 1831, est placée sous la direction des *frères agriculteurs* qui forment une association établie pour le bien des pauvres, par l'abbé Fournier, curé de Pons. L'établissement contient 300 enfants.

4° La colonie du bassin d'Arcachon, fondée également en 1831 au milieu des landes dont le défrichement a été confié aux jeunes enfants trouvés du département de Lot-et-Garonne, et que dirige avec soins et intelligence M. Cazaux, aidé seulement d'une bonne et excellente famille de cultivateurs qui regardent tous ces pauvres enfants comme étant des leurs.

5° L'établissement fondé à Oullins, près de Lyon, par M. l'abbé Rey, placé sous sa surveillance et administré par une société des bons et excellents frères de Saint-Joseph. Cette colonie reçoit les enfants vagabonds, délaissés, corrompus et abîmés par le vice que lui envoie la grande cité industrielle, la seconde ville de France.

6° La colonie agricole de Mansigné, fondée dans le département de la Sarthe, par un propriétaire généreux et bienfaisant, M. Vié, qui s'est réservé exclusivement la direction et l'administration de cet établissement qui fait l'admiration de tous ceux qui vont le visiter.

7° L'Institut agricole fondé à la Saulsaie pour le département de l'Ain, par M. Nivière, qui partage la direction de cet établissement avec les frères de la doctrine chrétienne, récemment installés.

8° Enfin, Messieurs, j'arrive à vous entretenir de la colonie agricole et industrielle de Petit-Bourg.

Cette colonie, fondée par la société de patronage que préside M. le comte Portalis, est placée sous la direction la plus intelligente et la plus morale qui se puisse imaginer, d'un homme de bien, M. Allier, qui consacre à cet établissement tous ses soins et toute son attention.

La devise de Petit-Bourg est celle-ci : mieux vaut *prévenir* que *réprimer* (1).

Vous connaissez tous, Messieurs, l'important domaine qui, autrefois, appartenait à la famille Aguado. Eh bien, ce sont ces vastes bâtiments, ce parc immense, ce potager considérable, ces terres labourables, une ferme importante, qui sont habités et exploités par 120 enfants pauvres des départements de la Seine et de Seine-et-Oise, sous la direction principale de M. Allier, qui a aussi des surveillants d'une capacité éprouvée, lesquels ont au-dessous d'eux des professeurs ou chefs d'ateliers bien choisis et sur lesquels l'administration peut compter.

Trois fois la semaine, et indépendamment du catéchisme, ces pauvres enfants reçoivent une instruction religieuse faite tour à tour par MM. les curés d'Evry et de Ris.

Les dimanches, tous les enfants, accompagnés de tous leurs maîtres et directeurs, assistent à la messe paroissiale en attendant qu'une chapelle assez vaste et bien appropriée puisse les contenir tous. Le matin et le soir, tous ces pauvres orphelins les plus âgés, comme les plus jeunes, font la prière en commun, à laquelle prennent part tous les employés de la maison.

(1) « Les supplices aiguisent les vices plutost qu'ils ne les amortissent. Ils n'engendrent point le soing de bien faire, c'est l'ouvrage de la raison, de la religion et de la discipline ; mais seulement un soing de n'estre surprins en faisant mal. » (MONTAIGNE, *Essais*, liv. II, ch. xv.)

L'enseignement primaire est distribué à ceux qui en ont besoin, dans un bâtiment qui sert tout à la fois et par des procédés mécaniques fort simples et très-ingénieux, de réfectoire, de dortoir et de salle d'étude.

Deux fois par semaine, il y a un cours de chant, que le directeur, empruntant en cela avec bonheur les idées allemandes, a jugé important et utile, afin de faire oublier aux pauvres orphelins les chansons plus ou moins dissolues qu'ils ont pu retenir de leur vie malheureuse et vagabonde; afin aussi d'établir une harmonie sensible entre tous ces jeunes enfants à qui la musique élève l'âme vers l'auteur de toutes choses.

Indépendamment de tout cet enseignement moral et intellectuel, la gymnastique est démontrée trois fois par semaine, afin de développer convenablement le physique et d'exercer à l'agilité ces pauvres enfants du peuple. Tous ces exercices sont coupés par un peu de récréation.

La nourriture que reçoivent les jeunes colons, est aussi substantielle et aussi saine qu'il est possible de le désirer.

Les soins de propreté sont aussi l'objet d'une attention toute particulière, et dont j'ai été témoin.

Tous ces jeunes enfants m'ont paru être stylés à la politesse et à l'urbanité envers les étrangers et les chefs, qui, du reste, les traitent en père.

Enfin, Messieurs, pour en finir avec les soins du corps, je vous dirai qu'une infirmerie tenue fort proprement et renfermant vingt lits, est confiée aux soins si éclairés de M. le docteur Petit père. Indépendamment de cette salle, il y a une petite infirmerie consacrée exclusivement au traitement des maladies contagieuses qu'apportent si souvent avec eux les pauvres enfants orphelins, admis dans cet établissement de Petit-Bourg.

Le costume que portent les jeunes colons consiste en
une blouse de cotonnade et un pantalon de grosse toile
pour les jours ouvriers en été ; le costume du dimanche,
consiste dans un pantalon de toile plus fine, une blouse
écossaise, maintenue par une ceinture de cuir verni, et un
chapeau de paille.

Quant au costume d'hiver, il est composé d'une blouse
de laine, d'un pantalon d'une étoffe de laine et d'un
chapeau de feutre dont le dessus est verni. Le costume
des dimanches est une veste et un pantalon de drap ; la
coiffure est un chapeau rond en cuir verni.

Dans l'intérieur du bâtiment, les enfants sont tenus
d'avoir la tête découverte. C'est là une excellente habitude, que, comme médecin, je ne puis qu'approuver.

Le coucher de ces jeunes colons consiste dans des hamacs qui renferment chacun un petit matelas, un drap
et une couverture de coton. Tous ces hamacs sont sus-
pendus dans des dortoirs très-convenablement aérés.

Ce mode de coucher a été emprunté par M. Allier à
M. de Rainneville, qui l'a fait connaître dans son guide du
petit ménager et dans le premier numéro du *Bulletin des
colonies agricoles*.

Vous voyez, Messieurs, que dans cet établissement
tout est combiné admirablement pour que le physique
des enfants qu'il renferme se développe en même temps
que le moral ; et afin aussi de ne pas amollir trop ceux
qui un jour devront fournir à l'agriculture, de solides
laboureurs ; à l'industrie, de bons ouvriers ; et à la patrie,
des hommes capables de résister à la vie des camps.

Quant à l'éducation professionnelle proprement dite,
la colonie de Petit-Bourg fait tous ses efforts pour diriger vers l'agriculture les jeunes enfants qui lui sont confiés, et à cet effet, elle fait valoir la belle exploitation
rurale qu'elle a louée et qui est dirigée par un ancien

élève de Grignon ; l'arboriculture a aussi ses apprentis,
ses ouvriers et son professeur particulier ; il en est de
même de l'horticulture potagère et fleuriste, dont l'enseignement est confié à un ancien praticien fort éclairé dans
sa partie.

Mais comme il est certaines aptitudes, certaines con-
stitutions qui ne se prêtent pas à la pratique des travaux des champs et des jardins, l'établissement de Petit-
Bourg a donc fondé divers ateliers où sont enseignées
plusieurs industries. Ce sont :

La serrurerie. — La menuiserie. — La peinture en
bâtiment. — L'ébénisterie. — La gaînerie. — La cise-
lure. — La cordonnerie. — La profession de tailleur. —
La tixeranderie. — La vannerie. — La fabrication des
chaussons de tresse par les plus jeunes enfants.

Chacune de ces professions a son chef d'atelier ou professeur particulier.

De quelque côté que vous vous tourniez dans l'intérieur
des bâtiments, vous verrez les murailles couvertes d'in-
scriptions morales fort concises, mais très-bien appro-
priées à la colonie ; en voici quelques échantillons :

Aimez-vous les uns les autres.—Dieu me voit.—Soyez
frères.—Le travail honore et enrichit. — La paresse ap-
pauvrit et dégrade. — L'oisiveté engendre la misère. —
Que le bien soit toujours le but de vos actions.

Vous savez, Messieurs, dans quel but j'ai visité cet intéressant établissement de Petit-Bourg ; j'ai donc demandé les conditions d'admission, voici ce qu'il m'a été
répondu :

Les enfants sont admis depuis 8 ans jusqu'à 14 ans.

Les parents ou protecteurs payent annuellement une
pension qui varie de 200 à 350 fr., selon le degré d'intérêt, qui s'attache aux enfants proposés et le peu de ressources des protecteurs que l'on prend en considération,

surtout lorsqu'il s'agit de traiter avec les établissements de bienfaisance. Cette pension va en décroissant jusqu'à l'âge de 14 ans, époque où l'établissement ne réclame plus rien des protecteurs ; le travail des enfants mis en commun devant suffire à leur entretien et à leur nourriture.

Ces conditions vous paraîtront bien onéreuses pour votre caisse, et vous regretterez sans doute, Messieurs, de ne pouvoir placer à la colonie de Petit-Bourg, les deux pauvres enfants Modan qui sont véritablement orphelins, qui font pitié à voir aussi bien au moral qu'au physique et qui ressemblent plus à des crétins qu'à des êtres nés dans ce pays. — Cependant, s'il vous était possible, à l'aide d'une souscription et des ressources que vous possédez, de voter seulement une somme quelconque, mes relations et surtout celles de ma famille avec M. le comte Portalis, président de la société de patronage et du conseil de la colonie, me permettraient peut-être d'obtenir, à des conditions avantageuses pour vous, l'admission des malheureux enfants qui ont fait l'objet de la visite dont j'ai eu l'honneur de vous rendre compte. J'ose, Messieurs, espérer que vous voudrez bien aviser à cet égard.

Vous avez dû remarquer, Messieurs, dans tous les détails où je suis entré relativement aux colonies qui ont pour but de prévenir, comme celles qui se proposent de réprimer, que partout c'est presque exclusivement vers l'agriculture que se portent les vues de direction et d'éducation professionnelle appliquées aux pauvres orphelins et aux malheureux détenus. Cela est digne de remarque. Pourquoi cela, Messieurs ? C'est parce que tous les hommes de bien qui se sont dévoués à l'œuvre admirable des colonies d'enfants, ont senti qu'une des grandes causes de la décrépitude morale et physique qui nous afflige de toutes parts, devait être rapportée, non à l'industrie en elle-même, mais aux mille inconvénients qu'elle fait naître ; c'est-à-dire à l'énervement qu'entraîne une vie sédentaire, au mélange et au contact des sexes dans beaucoup d'ateliers, à l'épuisement des forces morales et physiques qui en résulte, au défaut de développement des nombreux enfants qui sont encore employés dans les manufactures en dépit de la loi même ; enfin, aux mauvaises mœurs qui sont la conséquence de toutes ces choses (1). Tous ces fondateurs ont pensé, non sans raison, que la vie des champs, la pratique du plus utile et trop peu vénéré de tous les arts (2), exposeraient beaucoup moins au mal et à l'occasion du mal, que des travaux industriels qu'on ne peut pratiquer que dans les villes ou dans les centres manufacturiers qui renferment trop souvent une population vicieuse et étrangère au pays qu'elle habite et qu'elle vient démoraliser.

Si vous vouliez quelques preuves à l'appui de ces assertions, je vous dirais, Messieurs, que dans une statistique sur la moralité comparée des 86 départements de la France, celui de Seine-et-Oise, qui est plus manufacturier qu'agriculteur, est placé le douzième dans le tableau des crimes contre les personnes, et le troisième dans celui des crimes contre les propriétés. — Dans le tableau relatif aux enfants naturels notre département est placé le trente-huitième, et dans celui des suicides il vient immédiatement le deuxième après le département de la Seine (3). J'ajouterais qu'à Paris, la grande cité in-

---

(1) « Dirai-je que, du vice effrayantes primeurs
  « Les enfants de douze ans, qui tournent les bobines,
  « S'enivrent de trois-six, prennent des concubines ? »

(AMÉDÉE POMMIER, *l'Époque*, sat. IV.)

(2) *Voir* à l'Appendice B.

(3) Voir *l'Essai sur la statistique morale de la France*, par M. Guerry, Paris 1838.

dustrielle, on compte une fille naturelle sur sept prostituées (1). Qu'en Belgique, M. Xavier Heuschling a constaté que « ce sont précisément les provinces où l'industrie
« a reçu le développement le plus large et le plus rapide,
« où le taux des salaires de l'ouvrier est le plus élevé, tels
« que le Brabant, le Hainaut, la province de Liége, où se
« trouve le plus grand nombre d'indigents; tandis que la
« province la plus pauvre du royaume, et la plus agricole
« (le Luxembourg), est celle où il y en a le moins. Que
« c'est aussi le Luxembourg qui a comparativement moins
« de naissances illégitimes, le moins d'enfants trouvés
« et abandonnés, le moins de criminels (2). » Que dans
le canton de Genève, essentiellement industriel, on compte
un indigent sur cinq habitants ; tandis qu'en France, en
général, et à la campagne, la population indigente ne

_____

(1) Voici ce que M. Parent-Duchàtelet a trouvé sur les prostituées,
relativement aux professions qu'elles exerçaient avant leur enregistrement, au *bureau des mœurs* de la préfecture de police de Paris.

Sur 3,120 de ces femmes, on trouve :

Couturières, lingères, modistes et autres états analogues	1,559
Marchandes de légumes, de fleurs et de fruits	859
Tisseuses et états analogues	285
Chapelières et états analogues	283
Bijoutières et états analogues	98
Artistes	23
Etablies en boutique	7
Sages-femmes	3
Rentières	3
Total	3,120

« On voit par ce tableau, dit M. Parent-Duchàtelet, que la plupart des
prostituées sortent des ateliers, ces foyers de corruption, dont on doit
déplorer les funestes effets, tout en admirant les produits qu'ils fournissent. » (PARENT-DUCHATELET, *de la Prostitution dans la ville de
Paris.*)

(2) Voir *la Statistique du royaume de Belgique*, par M. X. H. Heuschling, Paris, 1839.

figure que pour un quarantième sur la population totale.
Enfin, Messieurs, je vous dirais encore, avec M. d'Aulteroche, « que sur les deux millions d'indigents que ren-
« ferme la France, plus des dix-neuf-vingtièmes appar-
« tiennent à cette classe ouvrière et industrielle qui tend
« à se multiplier dans une proportion effrayante et sur-
« tout déplorable pour l'avenir de l'agriculture (1); »

Que dans le département du Nord, l'un des plus industriels, on compte 198,714 pauvres, et seulement 836
dans le département de la Creuse; plus de la moitié des
habitants de Lille étant portée aux rôles des indigents;

Que le terme moyen des accusés dans le département
de la Seine est de 1 sur 1,167 habitants, tandis que
dans la Haute-Loire, département fort arriéré, il n'est
que de 1 sur 10,000;

Qu'à Paris, ce grand lupanar industriel, il y a 33,000
individus qui, précipités dans les bas-fonds du vice par
la misère et l'ignorance, s'agitent et pourissent dans un
désespoir forcéné; et cela sans compter les 30,072 misérables qui ne demandent les moyens de vivre qu'à une
criminelle industrie, tels que le vol, la fraude, l'escro-
querie, le recel, la prostitution et la débauche;

Que dans cette même ville de Paris le nombre des
garnis infimes s'élève à 243, lesquels contiennent ensemble une population de 6,000 locataires, dans laquelle
entre au moins pour un tiers des femmes se livrant à la
prostitution ou au vol (2).

J'ajouterais encore, Messieurs, et j'ose à peine vous
le redire, qu'il y a quelques années, qu'à Berlin, le
centre de l'Allemagne industrielle par excellence, un
conseiller d'état justement effrayé des progrès de la po-

(1) *De l'Extinction de la Mendicité*, par M. Maurice d'Aulteroche.
(2) Frégier, *des Classes dangereuses de la population de Paris*, t. 1.

pulation laborieuse et misérable, a poussé l'aberration, pour ne pas dire plus, ne voyant sans doute pas d'autre remède à ce mal réel, jusqu'à proposer très-sérieusement au roi de Prusse, d'obliger les femmes d'ouvriers et d'artisans à se soumettre à une opération honteuse, à une sorte d'*infibulation ;* à moins que ces malheureuses ne pussent justifier de moyens d'existence suffisants pour élever une famille (1).

L'Angleterre elle-même, animée des mêmes craintes et des frayeurs que lui cause le flot incessant des misérables, a eu la honte de voir s'ouvrir des cours destinés aux ouvriers où l'on enseignait à ceux-ci les moyens immoraux, d'éviter la procréation (2). Et dans ce fier empire britannique, ne voit-on pas les malheureuses ouvrières mères de familles, être obligées, après quatorze heures d'un travail assidu, de faire prendre à leurs pauvres petits enfants, des doses assez fortes d'opium, afin que ceux-ci ne pussent les empêcher de dormir, et fournir ainsi 186 petites victimes à l'empoisonnement par les narcotiques, sur un nombre total d'empoisonnements divers de 543 (3).

(1) *Revue encyclopédique* de 1832.

(2) *Nouvelles lettres sur la Réforme protestante en Angleterre,* par William Cobett.

Qu'il me soit permis de citer, à cette occasion, les plaintes que faisait entendre à ce propos, il y a deux ans, Monseigneur l'archevêque de Paris :

« Nous osons à peine vous signaler une maxime plus perverse encore. D'autres sophistes ont compris l'impossibilité d'une semblable contrainte (la continence sans vœu de chasteté) ; mais, en y renonçant, ils ont osé conseiller à des époux chrétiens de tromper le vœu de la nature, et de rejeter vers le néant des êtres que Dieu appelait à l'existence. Que penser de ces impurs systèmes et de leur contradiction ? » (*Instruction pastorale sur les rapports de la charité avec la foi,* par Mgr. Affre, Paris, 1843.)

(3) *Voir* le discours de M. de Montalembert (discussion relative à la loi sur le travail des enfants), et la *Revue Britannique* de janvier 1840.

L'industrialisme anglais a si peu de cœur et de sentiment, qu'il n'a

Puisque j'en suis sur le compte de notre rivale en politique comme en industrie, laissez-moi encore vous dire, Messieurs, et à l'appui de la thèse que je soutiens, qu'en Angleterre, le rapport de la population indigente à la population générale est d'un tiers ; que ce pays si fier de sa civilisation, et qui produit dix fois au delà de ses besoins, a vu en 75 ans (de 1750 à 1825), augmenter sa taxe des pauvres dans la proportion de 1 à 11, et le nombre des condamnés pour vol porté de 509 à l'énorme chiffre de 16,147 (1) ; qu'à Liverpool, ce grand centre industriel, le nombre des pauvres s'élève au tiers de la population (27,000 indigents sur 88,000 habitants) ; qu'à Bowrislon, sur une population de 11,670 habitants, 7,840 sont réduits à gagner deux sous par jour ; 4,000 sans les vêtements les plus nécessaires ; 9,836 n'ont pas de lit et couchent sur la paille (2) ; que dans ce pays, si riche et si pauvre tout à la fois, on compte trois ouvriers pour un agriculteur, et qu'il y a tels districts manufacturiers qui comptent neuf ouvriers contre un agriculteur (3).

pas craint de faire venir, de Belgique, des os humains provenant du bouleversement des cimetières, pour les livrer à ses fabriques et les faire servir soit au raffinement des sucres, soit à la confection du noir animal, ou à toute autre industrie. (*Voir* l'art. de M. le baron HENRION, *Moniteur des Villes et des Campagnes*, tome I⁰ʳ, p. 98.)

(1) *De l'état des ouvriers*, par Adolphe Boyer.

Le nombre des crimes et délits qui n'était, en 1811, pour les îles Britanniques, que de 5,337, a atteint, en 1844, celui de 16,447. Cette progression a suivi celle du développement industriel.

« De toutes les nations du monde, la nation anglaise est celle qui a le plus travaillé et le plus jeûné. » (RUBICHON, *de l'Action du clergé dans les sociétés modernes.*)

(2) *Du sort des classes ouvrières en Angleterre et en France*, par Eug. Buret.

(3) Discours de M. Alex. de Tocqueville, à la chambre des députés, session de 1845.

C'est cette masse effrayante de maux physiques et de misères morales qui, il y a quelques années, faisait dire à W. Scott : « La plaie du paupérisme poursuit ses ra-« vages, elle s'allonge, elle s'étend, et si elle n'est « pas promptement contenue, elle finira par couvrir « tout le pays où elle déterminera d'effrayantes explo-« sions. »

Enfin, Messieurs, pour ne pas multiplier à l'infini ces preuves qui ne manquent pas, je vous assure, « le talent d'ennuyer étant celui de tout dire, » j'ajouterai seulement, que les conseils de révision ont constaté depuis plusieurs années, que ce sont précisément les pays où l'industrie est le plus développée, comme l'arrondissement de Corbeil, par exemple, qui fournissent le moins d'hommes propres au service militaire et le plus d'êtres chétifs et étiolés. Et, comme il faut que le contingent se trouve, bon gré, mal gré, c'est encore l'agriculture, déjà si dépourvue de bras, qui vient payer pour les industriels, pour ceux qui corrompent les mœurs des campagnards, la dette à la patrie (1) !

Avant de finir, Messieurs, permettez-moi de vous dire quelques mots sur la question à l'ordre du jour, je veux vous parler de l'extinction de la mendicité.

Ce n'est pas d'aujourd'hui qu'on s'occupe de cette

---

(1) Consulter à ce sujet l'ouvrage de M. Villermé, sur l'État physique et moral des classes ouvrières en France.

« C'est le campagnard qui nourrit le reste des citoyens, qui arrose les champs de ses sueurs laborieuses, qui creuse les canaux, qui ouvre les routes, qui défriche les forêts, *qui défend le pays de ses bras robustes*, qui paye la plus grosse part de l'impôt, qui produit et façonne toutes les matières premières, qui alimente la table du riche, qui fournit plus à l'industrie qu'elle n'en reçoit, et qui constitue, en un mot, la majorité des nations. » (DE CORMENIN, *de l'Éducation des campagnes*.)

Voir aussi à l'Appendice *C* les paroles remarquables de M. Léon Faucher et de M. Ozanam, ancien professeur de droit commercial à Lyon.

question qui a dû se montrer à la solution des gouvernements aussitôt qu'eut cessé la grande anarchie féodale ; et, sans vous parler de la Jacquerie, des coupe-bourse, des tire-laine, de la Cour des Miracles, des Ribauds, des Grandes Compagnies sous Charles V, des Maugrabins sous Henri IV, et même en déclinant de ce Mandrin et de ce Cartouche si connus, enfin de toute cette mendicité armée qui plus d'une fois s'est reproduite sous une forme menaçante ; sans entrer dans plus de détails historiques qu'il serait je crois possible de rendre intéressants ; je vous signalerai, Messieurs, quelques-unes des mesures qui ont été prises depuis plusieurs siècles pour arriver à l'extinction de la mendicité, de cette manière d'être de la misère qui fut, dit M. de Coux (1), « une « invention du christianisme qui créa les pauvres en « affranchissant les esclaves auxquels il eût peut-être « rendu un assez triste service si, avec la liberté civile, « il n'avait jeté dans le monde l'amour du prochain, « c'est-à-dire la charité, seule loi agraire qui puisse « exister parmi les hommes sans les amener à la vie de « la brute. »

En 1350, on trouve une ordonnance de Jean le Bon, qui condamne pour la récidive les *oiseux valides* mendiant dans les rues de Paris, *au pilori et à la marque sur le front avec un fer chaud.*

Au xvie siècle, Henri VIII, d'Angleterre, ordonnait dans son XXVIIe statut, que tout mendiant valide fût fouetté pour la première fois.

Une ordonnance de Louis XIV, excessivement sévère, défendait de donner l'aumône *manuellement* dans les rues et autres lieux publics, nonobstant tout motif de

(1) *De la Politique extérieure de la France.*

compassion, nécessité pressante et autre prétexte, à moins de 4 livres d'amende (1).

Plus tard, et sous Louis XV, on trouve plusieurs ordonnances qui, tout en s'occupant des pauvres nécessiteux, frappent les mendiants et les vagabonds de la peine des galères. Ces ordonnances sont ensuite rapportées par d'autres édits qui condamnent à la déportation dans les colonies les mêmes individus qui devront être employés au défrichement et à la culture des terres. Mais, comme on vit bientôt que cette mesure avait de grands inconvénients pour les mœurs et la tranquillité des familles honnêtes de nos possessions d'outre mer, une déclaration du 1er juillet 1722 l'annula, et c'est seulement en 1724 qu'on trouve une autre déclaration qui organise des ateliers d'agriculture, de terrassements, etc., pour les mendiants valides et sans ouvrage. Ici commence déjà, vous le voyez, Messieurs, la première des mesures sérieuses qui aient été appliquées en France à l'extinction de la mendicité.

Si maintenant nous nous rapprochons du xixᵉ siècle, je vous citerai à ce sujet les fameux rapports présentés à l'Assemblée nationale par le duc de Liancourt, et à la Convention le 22 floréal an II, par le député Barrère, lesquels, vu l'état déplorable de la société française à cette époque, ainsi que la marche rapide des événements, n'amenèrent aucun résultat bien satisfaisant et capable de résoudre, au moins en partie, cette importante question d'économie sociale. Et cependant, à cette époque surtout, les vrais nécessiteux et les pauvres ne manquaient guère, je vous assure !

(1) Tout récemment le grand despote du Nord, le persécuteur de la Pologne, vient de rendre un ukase portant les mêmes défenses et les mêmes prescriptions. Il ne manquait plus que cela pour couronner ses œuvres d'infamie et d'injustice !

Les choses en étaient à ce point, lorsqu'un jour Napoléon, avec cette force de volonté qui souvent fait à elle seule les grandes choses, écrivit à l'un de ses ministres : « Vous établirez des dépôts de mendicité, et je veux « que l'an prochain il n'y ait plus en France de men- « diants. » Chaque département eut alors sa maison de refuge ou de travail destinée à recevoir les mendiants valides et invalides : « Rien n'y manquait, dit M. de Gérando ; l'étendue des édifices, les dispositions locales, les dotations annuelles, les règlements intérieurs. Mais on avait oublié encore de faire la séparation préalable, de pourvoir aux besoins de l'indigence réelle. Dès lors les dépôts de mendicité furent atteints dans leur but, de la même incertitude qui frappe le spectateur à la vue du mendiant. On ne sut s'ils devaient être une maison de secours, ou une maison de répression. Ils furent d'abord vaguement, confusément, l'un et l'autre tout ensemble. Mais, comme maisons de secours, pourquoi y enfermer l'indigent qui eût pu être secouru plus convenablement au sein de sa famille? Comme maison de répression, ils offraient une existence beaucoup trop douce aux vagabonds ; le régime dans quelques-uns de ces dépôts était si agréable et si abondant, qu'on sollicitait comme une faveur d'y être reçu ; c'était en d'autres termes donner une prime à la fainéantise. On s'aperçut cependant, à l'épreuve, qu'on avait réuni ensemble, soumis au même traitement, et des gens qu'il fallait soulager, et des gens qu'il fallait corriger ; que dès lors, ou l'on condamnait injustement les premiers, ou l'on récompensait les seconds ; on fut donc conduit à former, dans chaque dépôt de mendicité, deux et quelquefois trois cantons séparés, sans communication entre eux ; à établir pour chacun, et des règles et un régime tout différents : les décrets de création, prononçant eux-mêmes cette distinction, avouent ainsi l'erreur commise dans l'origine.

« Quelques années s'étaient à peine écoulées, que les conseils généraux des départements, fatigués d'une dépense énorme et frappés de voir que ces établissements remplissaient mal leur destination, en ont provoqué la suppression. On a fait une seconde faute en accédant trop facilement à ce vœu. Il eût été mieux de rechercher pourquoi les dépôts de mendicité ne remplissaient pas leur but ; on eût reconnu que la faute n'en était pas à ces dépôts eux-mêmes ; que la cause en était dans l'imperfection du système général des établissements d'humanité, dont ceux-ci ne doivent être que le complément; on eût été conduit, de la sorte, à faire un grand bien, en conservant ce qui existait et le rendant utile. Quelques départements, cependant, ont eu le bon esprit de maintenir les dépôts qu'ils avaient fondés avec tant de frais. Puissent-ils bien comprendre les moyens d'en tirer le parti le plus avantageux (1)! »

Depuis cette époque, plusieurs essais ont été tentés par les divers gouvernements et n'ont guère amené de changements remarquables, ni donné une solution satisfaisante à la question qui nous occupe. Seulement, en 1840, le ministre de l'intérieur ordonna une enquête générale pour toute la France, à laquelle je pris une part assez active en ce qui concernait les mendiants dans cette commune. En voici le résultat pour ce qui nous regardait alors : A cette époque nous avions cinq mendiants domiciliés à Mennecy et vingt mendiants étrangers venant chaque semaine prélever sur les habitants un impôt quelquefois profitant, mais qui, trop souvent, servait à alimenter la paresse, l'ivrognerie et la débauche. Les

(1) Le baron DE GÉRANDO, *le Visiteur des pauvres*, p. 380.

résultats de cette enquête furent si peu consolants (on trouva 198,153 mendiants), que depuis, l'Etat semble avoir abandonné aux départements, aux communes et à la charité particulière, non-seulement l'entretien des pauvres de toutes sortes, mais encore l'initiative des mesures à prendre pour arriver à secourir les pauvres vraiment nécessiteux et à se délivrer du spectacle parfois très-repoussant de la mendicité. Aussi, Messieurs, est-ce depuis cette époque que beaucoup de communes, de villes et de départements employé des moyens plus ou moins efficaces pour atteindre le but désiré (1); que des associations particulières se sont formées dans la même intention et ont obtenu dans beaucoup de villes, telles que Strasbourg (2), Dijon, Saint-Flour, Lannion, etc.,

(1) *Voir* les délibérations des conseils généraux de plus de cinquante départements.

(2) *Voir* à l'Appendice *D*, pour les détails sur la colonie agricole d'Ostwald.

Voici un exemple que je crois devoir citer ici, et qu'il serait facile, ce me semble, de suivre à Mennecy :

« Dans la commune de Wetteren (*) (Belgique), à 16 kilom. de Gand, un comité de secours s'est donné pour but principal la suppression de la mendicité. L'intensité de la misère avait déterminé l'autorité à permettre de mendier à jour fixe. Il est inutile de s'étendre sur les inconvénients de cet état de choses. Le comité a obtenu que chaque habitant versât entre ses mains ce qu'il distribuait auparavant à sa porte, en cédant souvent à l'importunité ou à la coutume.

Ce versement a produit.	4,000 f.	} 8,312 f.
Le bureau de bienfaisance a joint.	4,312	
On a distribué : pain, vêtements, literie.	3,829 f.	
Combustible.	863	} 9,792 f.
Argent : environ 18 fr. pour 450 ménages.	5,100	
Des dons particuliers ont pourvu au déficit de.		1,180 f.

« Le mode de répartition a été à la fois intelligent et paternel. — Les pauvres étaient convoqués à jour fixe dans une vaste salle; chaque chef de famille devait s'y rendre. Avant la réunion, tous ceux qui désiraient

(*) Cette commune possède une population de 9,000 âmes, sur laquelle on comptait de 3 à 400 mendiants.

et à l'instar de la Belgique et de la Hollande, des résultats on ne peut plus satisfaisants. Si le temps me le permettait, je serais en mesure de vous fournir à cet égard beaucoup de détails très-intéressants.

Quant à ce qui nous regarde, vous savez, Messieurs, où en sont les choses : la mendicité est interdite dans le département de Seine-et-Oise ; et chaque commune est invitée par M. le préfet à organiser un système de secours pour venir en aide à ses propres mendiants. Que ferons-nous donc, Messieurs? C'est, je crois, pour répondre à cette question que nous avons été convoqués, et je vous adjure en mon nom personnel de vouloir bien y répondre au plus tôt.

Ici, Messieurs, se termine une grande partie de ce que j'avais le désir de vous communiquer, et je dois vous remercier pour l'indulgence et l'attention que vous avez bien voulu m'accorder. Je vous ai dit tout le mal dont notre commune a présenté et présente encore le triste tableau. Je dois, en médecin qui a mis le doigt sur la plaie, vous indiquer quelques-uns des remèdes à appliquer. Les voici, et, dans cette circonstance, je m'adresse plus particulièrement à l'habile administrateur que nous avons l'honneur d'avoir pour président en ce moment, ainsi qu'aux membres les plus zélés et les plus éclairés du conseil municipal.

D'abord, en ce qui concerne l'enfance et la jeunesse, et pour prévenir dans ces deux âges le mal moral et le mal

exposer en particulier leurs besoins étaient reçus par un commissaire, assisté d'un ecclésiastique. L'heure venue, l'ecclésiastique leur faisait en commun une instruction familière, propre à les instruire de leurs devoirs, à relever leur moral : il y joignait des conseils sur les moyens de tirer le meilleur parti possible des faibles ressources mises à leur disposition. Venait ensuite la distribution. » (Extrait d'une lettre de M. de Denterghem, adressée au rédacteur en chef des *Annales de la charité*.)

physique, plutôt que d'avoir à le réprimer, je pense qu'il est de la plus grande urgence d'établir en cette commune, 1° une salle d'asile (1) ; 2° une école communale de filles ou au moins un ouvroir campagnard, fondé sur le plan de M. de Cormenin (2) ; 3° une école du dimanche où l'on réunirait les jeunes ouvriers, et où il serait facile de les attirer à soi et de les intéresser tout en les moralisant et les instruisant ; 4° l'interdiction, par M. le maire, pour les enfants, des jeux à l'argent sur les places publiques ; 5° l'interdiction également par M. le maire, (et je crois qu'il en a le droit) de la fréquentation des billards et cafés par les enfants au-dessous de 16 ans, à moins qu'ils ne soient accompagnés de leurs parents (3); 6° l'exécution plus rigoureuse en ce qui concerne la commune de Mennecy, de la loi sur le travail des enfants dans les manufactures, où très-souvent des enfants au-dessous de 14 ans sont renfermés depuis six heures du matin jusqu'à neuf heures du soir ; 7° l'établissement ultérieur d'une crèche d'après les belles idées de M. Marbeau, cet administrateur si zélé du premier arrondisse-

(1) *Voir* la Notice sur la construction économique des salles d'asile dans les campagnes, par M. Henry Roze.

(2) *Voir*, à ce sujet, l'*Annuaire d'économie politique*, année 1844 ; et les *Annales de la Charité*, tome Ier, p. 201.

(3) Il y a peu de temps que M. le maire de la Châtre a pris un arrêté portant défense aux cafetiers, cabaretiers et débitants de boissons, de recevoir dans leurs établissements des enfants au-dessous de seize ans, sans leurs parents. Cette mesure a été déjà mise en pratique dans plusieurs villes de France, et a parfaitement réussi.

Dans le Hanovre, le ministère a pris et fait exécuter un arrêté qui porte diverses mesures contre l'usage immodéré de l'eau-de-vie. En conséquence de cet arrêté, on ne donne de permis pour s'établir cabaretier que dans le cas d'un besoin réel. Ceux-ci ne peuvent vendre de l'eau-de-vie à des jeunes gens ayant moins de seize ans, à des apprentis ouvriers, à des gens ivres et à ceux qui ne possèdent pas leurs facultés intellectuelles. Les autres dispositions ont une égale tendance. (*Voir* l'arrêté du ministre de l'intérieur de Hanovre du 12 mai 1841).

ment de Paris (1) ; et aussi la fondation d'une petite
école d'agriculture pratique, basée sur le plan fort ingénieux de M. Bailly de Merlieux (2). Je prierai ici M. le
maire, de vouloir bien, à l'exemple de plusieurs de ses
collègues de la Côte-d'Or, du Doubs, des Bouches-du-
Rhône, et même de Seine-et-Oise, surveiller avec la plus
grande attention, et tout le soin qu'il apporte à l'administration de la commune, la répression du colportage des
mauvais livres, de cette peste morale pire mille fois, que
celle qui n'affecte que le corps et qu'il est plus facile de
prévenir que de guérir (3). Ce serait ici le cas de vous signaler, Messieurs, la nécessité d'établir en cette commune
une bibliothèque paroissiale, composée de livres moraux, intéressants et utiles, et destinés aux classes labo-

(1) Par sa circulaire, en date du 6 décembre, et dans sa sollicitude
toute paternelle pour les intérêts moraux et matériels de ses administrés,
M. le préfet de Seine-et-Oise recommande, à tous les sous-préfets et maires
de son département, la création de crèches, comme une œuvre de la
première utilité et des plus faciles à réaliser.

(2) *Voir* à l'Appendice *E.*

(3) Tout récemment M. le ministre de la justice a adressé, à ce sujet,
une circulaire à tous les procureurs généraux, afin qu'ils aient à faire
exercer la plus active surveillance sur les colporteurs de livres dans les
campagnes.

Antérieurement, et le 6 août dernier, M. Borelly, procureur général
près la cour royale d'Aix, avait écrit, dans le même but, à MM. les procureurs du roi de son ressort. — *Voir* aussi les circulaires de MM. les
préfets de la Côte-d'Or, du Doubs, etc.

Voici ce qu'on lisait, le 4 septembre dernier, dans un journal quoti-
dien :

« L'exemple que vient de donner le maire de Paray-Douaville (Seine-
et-Oise) fait honneur à la vigilance de ce fonctionnaire public. Pendant
que l'un de ces colporteurs qui viennent, de temps à autre, apporter aux habitants de la campagne le poison de leurs mauvais livres, était en train
de débiter sa marchandise, saisie a été faite, par M. le maire, des livres
les plus dégoûtants par leur obscénité. Procès-verbal de cette saisie a été
ensuite dressé et envoyé, avec les livres, à M. le procureur du roi de
Rambouillet. Il serait à souhaiter que cette conduite si digne d'éloges eût
de nombreux imitateurs. » (*Voir* à l'Appendice *F.*)

rieuses. Relativement à ces dernières , je manifesterai
le vœu, et je suis assuré à l'avance de votre assentiment,
d'obtenir la fondation à Mennecy 1° d'une succursale de
la caisse d'épargne (1) ; 2° d'une société ou caisse de prévoyance entre les ouvriers.

Tout ceci est fort beau en théorie, direz-vous, Messieurs;
mais très-difficile à réaliser avec le peu de ressources dont
notre commune peut disposer. Cependant ne croyez pas
qu'il faille de grandes sommes d'argent pour fonder plusieurs des œuvres dont je voudrais voir Mennecy favorisé.
Ce n'est pas toujours avec de grands moyens que les résultats en ce genre sont obtenus; Vincent de Paul en est
un exemple vivant. Un peu de zèle, beaucoup de bonne
volonté et quelques pièces d'argent, voilà tout le secret
de l'établissement des moyens propres à moraliser le peuple et les enfants du peuple; c'est là la meilleure manière
de civiliser ceux qui nous entourent et nous effrayent
tout à la fois par leur misère physique et leur abrutisse-
ment moral. Au reste, Messieurs, je livre tout ceci à vos
méditations et à celles des hommes de bien qui se sentent
encore un peu d'amour et de charité pour leurs malheureux frères tombés dans la misère, ou chez qui celle-ci
est pour ainsi dire héréditaire. Je les adjure ici de ne
pas rester tout à fait sourds à des sollicitations qui par-
tent toutes d'un cœur qui désire en toutes choses et par
profession, le bonheur de ses semblables.

Plus tard, Messieurs, et dans une prochaine réunion,
j'aurai l'honneur de vous faire un tableau détaillé des

(1) Dans leurs sessions de 1843 et 1844 les conseil généraux de l'Allier, de l'Ain, de l'Aube, des Pyrénées-Orientales et de la Sarthe de-
mandaient à grands cris, et pour que le bienfait des caisses d'épargnes
soit plus *à la portée des classes agricoles*, la création de succursales
multipliées. (*Voir* l'Analyse des conseils généraux pour les années 1843-
1844, publiée par ordre du gouvernement.)

indigents secourus par vous, et dans lequel je m'efforce-
rai de vous faire connaître les causes morales et physiques, prochaines ou éloignées de la misère de chacun
d'eux ; l'état actuel de cette misère et les ressources particulières à ces indigents pour subvenir à leurs besoins.
Ce travail portera, je l'espère, sur chaque famille d'indigents secourus. C'est ainsi, et avec cette sorte d'enquête,
que nous apprendrons ensemble la science de la charité
qui a aussi sa théorie et sa pratique, ses principes et ses
applications ; « car, bien connaître la situation du pau-
« vre, dit M. de Gérando, la nature et l'étendue des be-
« soins qu'il éprouve, ses dispositions, son caractère, c'est
« avoir déterminé d'avance le genre de secours qui lui
« seront nécessaires (1). »

Puisse ce travail faire naître le désir d'établir parmi
vous, et à l'instar d'autres bureaux de bienfaisance, la
visite et le secours des pauvres à domicile.

Car, comme le dit un économiste distingué (M. de
Coux), « le sort des classes ouvrières est certainement
« l'un des problèmes les plus sérieux qui soient posés
« par l'organisation des sociétés modernes ; la masse
« immense des travailleurs étant dans notre pays, peu
« éclairés, peu soutenus et restant en proie à tous les
« mauvais conseils du vice et de la misère. »

(1) *Le Visiteur des pauvres*, p. 161.

APPENDICE.

(A)

Observations d'un médecin sur l'état hygiénique de l'école communale de Mennecy.

« Une des principales causes de la mauvaise santé, de la débilité des enfants des classes pauvres, c'est l'air corrompu qu'ils respirent dans leurs obscurs et étroits réduits, à l'âge où leurs poumons ont besoin de l'action la plus libre, du développement le plus facile. Ces mêmes inconvénients renaîtront infailliblement, pour eux dans l'école, si on les y rassemble en grand nombre, sans avoir soin d'y maintenir un air salubre. On sait que la respiration vicie promptement le fluide sans lequel nous ne pouvons vivre. D'après des observations faites avec soin, on a reconnu qu'une personne en bonne santé épuisait dans une heure plusieurs mètres cubes d'air respirable. A ce principe constant et uniforme de la décomposition de l'air, il faut joindre l'action dangereuse des gaz produits par les émanations du corps et par celles des vêtements malpropres que portent si souvent les enfants des ouvriers et des villageois ; enfin, l'hiver, quand on chauffe la salle d'école, le danger augmente encore par la perte d'une certaine quantité de l'oxygène de l'air qui est employé à la combustion.

« Il faut apporter à ce mal un double remède, écarter, autant que possible, tout ce qui tend à corrompre l'air, et le renouveler aussi souvent que le nombre des enfants et les dimensions de la classe le rendent nécessaire. On ouvrira donc les portes et les fenêtres pendant toutes les récréations ; mais cela ne suffit pas : il faut que pendant la classe même, la masse respirable se purifie. Les meilleurs procédés à employer sont les appareils ventilateurs décrits par M. Bouillon, dans son livre de la *Construction des Maisons d'école*. Si l'on ne peut se les procurer, on établira des vasistas ou carreaux mobiles à la partie supérieure de la fenêtre. En hiver, il serait dangereux d'ouvrir les fenêtres durant la classe, surtout lorsqu'il y a des écoliers qui en sont rapprochés : l'air froid qui viendrait à les frapper, faisant contraste avec l'air échauffé de l'intérieur, pourrait causer des fluxions de poitrine, ou au moins des rhumes et des catarrhes; alors on se contentera d'ouvrir les vasistas. »

Ainsi parle, avec tant de sagesse et de raison, M. Ambroise Rendu, dans son *Cours de Pédagogie*, à l'usage des instituteurs primaires, autorisé et recommandé par le conseil royal de l'instruction publique en 1842 (1). Puis il ajoute (*passim*) : « Le plus souvent un grand nombre de ceux que l'école rassemble, étant destinés à gagner leur vie à la sueur de leur front, par des travaux qui exigent, avant tout, santé et vigueur; c'est un devoir pour l'instituteur de donner aux enfants de la classe ouvrière de l'aptitude pour le travail manuel, et, par conséquent, de maintenir dans l'école un régime sanitaire convenable; car la première condition de cette aptitude est une santé vigoureuse. »

Enfin, M. Ambroise Rendu fait remarquer, avec raison, deux choses importantes. D'abord, « c'est que la malpropreté du corps et des vêtements étant malheureusement trop habituelle aux enfants des classes pauvres, c'est encore une grande cause de l'insalubrité de l'air de beaucoup d'écoles. » En second lieu, « qu'on ne saurait prendre, avec trop de vigilance, les moyens de préserver l'école des maladies contagieuses (2). »

Si, aux recommandations et aux leçons de la *Pédagogie*, enseignée au nom de l'Université, on faisait succéder les enseignements de l'hygiène et de la physiologie, on serait encore davantage fixé sur ce qu'il convient de faire, aux autorités préposées, ainsi qu'aux personnes charitables, dans l'intérêt physique des enfants pauvres qui fréquentent l'école communale de Mennecy. Mais, les éléments de ces deux sciences étant trop vulgaires pour être relatés ici, on espère que cette connaissance n'en sera pas moins acquise, lorsqu'en présence des enseignements et des recommandations sus-énoncés,

(1) Page 21, ch. ii, *De l'éducation physique*.
(2) *Loc. cit. passim*.

on placera les faits déplorables qui existent présentement et se renouvellent chaque jour, sous les yeux mêmes de ceux qui sont chargés de surveiller, non-seulement l'éducation morale et intellectuelle, mais encore l'éducation physique des enfants qui fréquentent l'école en question; car, que faut-il pour vivre, se bien développer et surtout se bien porter? Ce qu'il faut, le voici : Un air pur, et dont toutes les parties intégrantes soient dans les proportions voulues par la nature, c'est-à-dire, surtout, que l'acide carbonique, ce gaz si délétère, n'excède en quoi que ce soit sur les rapports dans lesquels il doit être avec l'oxygène et l'azote, et, encore moins, qu'il entre pour 1/4 ou pour 1/3 dans la composition du milieu où un homme peut être placé;

Un air qui ne soit pas raréfié et pèse toujours du même poids sur tous nos organes;

Un air qui ne soit pas chargé des émanations, plus ou moins funestes, qui s'élèvent dans les lieux où un grand nombre d'hommes sont rassemblés, eu égard, surtout, aux dimensions du bâtiment qui les renferme;

Un air dont l'état hygrométrique ne puisse donner lieu aux maladies, qui sont le résultat d'un relâchement de la fibre musculaire et, partant, le produit de l'humidité chaude dont est ou a été entouré l'individu qui en est affecté;

Un air que l'on puisse renouveler à volonté, et avec assez d'intensité, pour que la respiration n'en souffre pas d'abord, et, ensuite, pour que ce renouvellement ne puisse donner lieu à aucune de ces affections, qui sont le résultat d'un refroidissement subit;

Enfin, un air dont la bonne et heureuse influence sur l'économie favorise la respiration, la digestion, la nutrition, et qui, à lui seul, pût suffire pour contrebalancer les effets débilitants d'une mauvaise nourriture.

Maintenant, si nous appliquons ces conditions essentielles de la respiration, c'est-à-dire de ce qu'il y a de plus important pour la vie animale; si nous faisons, dis-je, cette application à des enfants en bas âge, à des êtres qui, par conséquent, doivent toujours être placés dans les meilleures conditions possibles, pour que le physique se développe, au moins, au même degré que le moral; à des enfants obligés de séjourner pendant trois heures dans un espace beaucoup trop restreint pour que leur santé n'en souffre pas; pour que les maladies contagieuses ne puissent se développer avec rapidité; pour que leur constitution ne soit pas altérée, au point de les obliger à ne pouvoir, à l'âge adulte, se livrer aux travaux corporels et manuels, qui seront, pour le plus grand nombre,

6

leurs premières conditions d'existence ; si nous faisons enfin cette application aux enfants qui fréquentent actuellement l'école communale de Mennecy, nous serons obligés d'en conclure que les parents et les autorités, préposées à la bonne tenue des classes et à leur salubrité, livrent chaque jour, et deux fois par jour, de pauvres petites victimes aux influences funestes d'un air vicié, d'un air non renouvelé, raréfié ou chargé d'une humidité morbifique. Et cette conclusion sera facile à tirer lorsque nous aurons prouvé, par des faits et des calculs positifs, qu'il y a un état de choses déplorable, auquel il faut remédier dans le plus cours délai possible, et cela dans l'intérêt physique des enfants en question ; abstraction faite des inconvénients moraux qu'il peut y avoir à ce que, non-seulement les enfants des deux sexes se trouvent réunis dans une même classe, mais encore dans le même sexe, les enfants d'une différence d'âge trop disproportionnée ; car, dit à ce propos, M. Ambroise Rendu, « il y aurait danger pour la discipline et pour les mœurs (1). »

Voici maintenant les faits et calculs positifs sur lesquels nous nous appuyons :

Les dimensions authentiques de l'école communale de Mennecy, prises en *dedans œuvre*, pour me servir du terme technique, sont de 9 mètres 50 centimètres sur une largeur de 6 mètres 50 centimètres ; ce qui donne une surface ou étendue de 60 mètres carrés.

La hauteur de la classe étant de 4 mètres, en faisant une simple opération d'arithmétique, on obtiendra un chiffre qui donnera pour mesure cubique 240 mètres cubes, qui représenteront la masse d'air respirable dans l'intérieur du bâtiment, soit : 2 *mètres cubes d'air par enfant*.

On a vu, plus haut, qu'un homme en bonne santé épuisait en une heure plusieurs mètres cubes d'air respirable, et le remplaçait par une petite quantité d'acide carbonique, assez considérable, néanmoins, pour vicier d'une manière fâcheuse l'air qui en reste chargé (2).

Si, maintenant, nous admettons qu'un enfant, et ce n'est pas

(1) *Loc. cit.*, p. 183.

(2) Il résulte des expériences faites par M. Dumas, que, dans l'espace d'une heure, un homme dépouillerait d'oxygène 90 litres d'air. En comptant 16 ou 17 expirations par minute, il sort des poumons 8 mètres cubes d'air par 24 heures, lesquels contiennent 3, 4 ou 5 pour 100 d'acide carbonique. Les expériences de ventilations, faites sous la direction de M. Péclet, et indépen-

trop accorder, rend *irrespirable*, en trois heures, 30 centimètres cubes d'air, et que nous multiplions ce chiffre de 30 par 120, qui est le nombre des enfants que renferme actuellement l'école communale de Mennecy, nous aurons un total de 18 *mètres cubes d'air irrespirable*, c'est-à-dire d'air composé d'acide carbonique, des émanations corporelles, si fréquentes et si fermentescibles dans l'enfance ; d'air *non renouvelé, raréfié*, ou chargé d'*humidité malsaine,* auquel ces cent vingt petits êtres vont rester exposés

dantes de toute idée théorique préconçue, assignent le nombre de 6 à 10 mètres cubes d'air, pour la ration d'un homme, par heure. Voici présentement, et à l'appui de ces principes scientifiques, une malheureuse expérience qui a coûté la vie à un grand nombre d'hommes :

« Cent quarante-six personnes furent renfermées dans une chambre de 7 mètres carrés, qui n'avait d'autre ouverture que deux petites fenêtres donnant sur une galerie. Le premier effet qu'éprouvèrent ces malheureux prisonniers fut une sueur abondante et continuelle ; une soif insupportable en fut bientôt la suite : à cette soif succédèrent de grandes douleurs de poitrine et une difficulté de respirer approchant de la suffocation. Ils essayèrent plusieurs moyens pour être moins à l'étroit et se procurer de l'air : ils ôtèrent leurs habits, agitèrent l'air avec leurs chapeaux, et prirent enfin le parti de se mettre à genoux tous ensemble, et de se relever simultanément au bout de quelques instants ; ils eurent trois fois recours à cet expédient, et chaque fois divers d'entre eux, manquant de force, tombèrent et furent foulés aux pieds par leurs compagnons. Ils demandèrent de l'eau, on leur en donna ; mais, se disputant pour s'en procurer, les plus faibles furent renversés et succombèrent bientôt après. L'eau n'apaisa point la soif de ceux qui purent en boire, encore moins leurs autres souffrances ; ils étaient tous dévorés d'une fièvre qui redoublait à tous moments. Avant minuit, c'est-à-dire avant la quatrième heure de leur réclusion, tous ceux qui restaient encore en vie, et qui n'avaient pas respiré aux fenêtres un air moins infect, étaient tombés dans une stupidité léthargique ou dans un affreux délire. On se battit de nouveau pour avoir accès aux fenêtres. A deux heures du matin, il n'y avait plus que cinquante vivants ; mais ce nombre était encore trop grand pour que tous pussent recevoir de l'air frais : le combat se continua jusqu'à la pointe du jour. Le chef lui-même, après avoir résisté longtemps était tombé asphyxié : on le releva, on l'approcha de la fenêtre, et on lui prodigua des secours. Bientôt après, la prison fut ouverte : de 146 hommes qui y étaient entrés, il n'en sortit que 23 vivants ; ils étaient dans le plus déplorable état qu'on puisse imaginer, portant peinte dans tous leurs traits la mort à laquelle ils venaient d'échapper. » (Extrait de l'*Histoire des guerres des Anglais dans l'Indoustan*, cité dans le grand *Dictionnaire des sciences médicales*.)

Cet exemple peut donner une idée de la rapidité avec laquelle l'air peut être vicié dans des circonstances données, et, par conséquent, de l'importance que l'on doit attacher à un pareil sujet.

pendant trois heures, où ils devront cependant faire fonctionner leur intelligence et les organes qui en sont les serviteurs.

D'ailleurs, en multipliant encore le chiffre de *cent vingt* par *trente,* qui est le chiffre des litres cubes d'*air vicié* qu'un enfant peut expirer en trois heures, on aura l'énorme quantité de *trois mille six cents litres* d'air chargés d'acide carbonique, de ce gaz délétère, de ce gaz qui tue, et qui se tient surtout dans les lieux bas et abrités, puisqu'il est plus lourd que l'air atmosphérique et qu'il redoute les courants qui peuvent le chasser.

Et qu'on remarque bien que dans ces calculs on n'a pas fait la déduction du matériel de la classe qui occupe un certain espace; pas plus qu'on n'a tenu compte de la raréfaction de l'air, produite par la chaleur d'un poêle en hiver.

Une dernière preuve à l'appui de ces doléances, c'est que les fenêtres de la maison d'école ne sont nullement garnies de vasistas, si fortement recommandés, comme on l'a vu, par MM. Bouillon et Ambroise Rendu.

Ici se termine les quelques observations que nous aurions pu multiplier et que nous avons cru devoir faire entendre. Il ne nous reste plus qu'à former le vœu de voir l'état de choses actuel changer le plus promptement possible. Il y va de la santé des enfants, de leur heureux développement, de l'honneur de l'instituteur chargé de la direction de la classe de Mennecy et de l'administration de cette commune.

D'ailleurs, n'entend-on pas tous les jours les conseils de révision et les grands cultivateurs se plaindre de la dégénération de la race humaine? N'est-ce pas pour porter un peu remède à ce mal, que la loi, si mal exécutée du reste, sur le travail des enfants dans les manufactures, a été élaborée avec tant de soin, par le parlement français (1)?

Les seuls remèdes à apporter au mal évident que j'ai signalé consisteraient, d'après moi, dans la séparation prompte et immédiate des enfants des deux sexes d'abord; et ensuite, cela fait, dans l'é-,ablissement d'un bon système de ventilation; un troisième remède serait l'établissement d'une salle d'asile.

(1) Parmi les départements dans lesquels l'exécution de la loi du 22 mars 1841 se trouve complète, ou du moins dans des conditions de plus en plus régulières, et qui sont cités dans le rapport publié à ce sujet par M. le ministre du commerce, il est triste de voir que le département de Seine-et-Oise, si rapproché de Paris, ne figure que secondairement, et bien après ceux de l'Arriége, de la Corrèze, des Basses-Alpes et de la Vendée.

N. B. — J'aurais pu ajouter, comme preuve à l'appui de mes raisonnements, que, dans l'épidémie de rougeole qui a sévi à Mennecy, l'été dernier, la plupart des enfants de l'école communale, qui étaient bien moins nombreux qu'actuellement, ont été atteints de cette maladie, qui donne si souvent lieu à des commencements d'affection de poitrine, surtout chez les enfants, que l'on ne peut contenir comme leur état maladif l'exigerait. Un enfant a succombé aux suites de cette affection répercutée, et contractée primitivement à l'école, à n'en pas douter.

Mennecy, mars 1845.

APPENDICE B.

« L'agriculture est la source la plus pure et la plus féconde de la richesse du pays et du bien-être de ses habitants ; c'est par son état plus ou moins florissant qu'on peut juger partout du bonheur des peuples et de la sagesse des gouvernements. L'éclat dont brillent les nations par l'industrie des ateliers peut être passager : la prospérité établie sur une bonne culture du sol est seule durable. »

(Le comte CHAPTAL, de l'Agriculture, t. 1er.)

« Ceste occupation (l'agriculture) faict sentir, à qui s'y estudie, un merveilleux plaisir, un grand accroissement de bien, et dresse le corps pour sçavoir tout ce qui est bien séant et convenable à un homme bien nay. Premièrement, tout ce dont les hommes vivent, la terre le produit à ceux qui la cultivent ; et tout ce dont les hommes sentent plaisir, la terre aussi le porte. Davantage, tout ce dont ils parent les autels des dieux, et dont eux-mesmes se parent, elle le leur donne, et c'est avecques une admirable douceur de bonnes senteurs et singulier plaisir de la veuë. Mais, faisant largesse des biens, si n'endure elle pas qu'avecques paresse on les recueille ; ains accoutume ceux qui en veulent avoir, avecques le froid de l'hyver et le chaud de l'esté, de bien porter la peine. Elle rend plus forts et vigoreux ceux qui l'entretiennent eux-mesmes de leurs mains, en les exerceant par l'effort de leurs bras, et ceux aussi qui l'entretiennent par le soing et le soucy, les faisant vaillamment s'esveiller de bon matin, et les contraignant de marcher au grand pas pour aller voir leur besongne ; car, aussi bien aux champs qu'à la ville, tousjours ce qu'on faict de bonne heure est le mieux faict, et le plus à propos...

« Où est on mieux à son ayse pour hyverner avecques beaux
grands feux; où y a il plus grande commodité de passer l'esté
qu'au village, avecques de belles fontaines, et les petits vents
gracieux, et les ombrages? Quelle est plus aymable aux serviteurs,
plus plaisante à la femme, plus désirable aux enfants, plus gracieux aux amis. De ma part je treuve estrange, s'il y a quelque
homme bien nay qui ayt aucun bien auquel il prenne plaisir qu'à
son champ, ou s'il treuve aucun exercice plus plaisant que cestui-
cy, ny plus proufictable pour la vie. Encores y a il bien mieux,
car la terre, de son gré, enseigne de vivre justement à ceux qui
le sçavent comprendre, car ceux qui la servent le mieux, ce sont
ceux qu'elle récompense de plus grands biens. »

(XÉNOPHON, *traduction d'Étienne de la Boëtie*).

D'après un tableau officiel, dressé pour l'année 1841, il résulte
que sur un total de 2,814 suicidés, dont la mort a été constatée en
France pendant cette année, il n'y en a que 899 appartenant aux
classes tenant à l'agriculture et aux professions analogues; le
chiffre restant, et qui est 1,915, appartient exclusivement aux
professions industrielles ou libérales. (*Voir* le Rapport au roi sur
l'administration de la justice criminelle, pendant l'année 1841.)

APPENDICE C.

« L'égoïsme manufacturier est, de nos jours, poussé à son plus
haut degré d'inhumanité; c'est à ce point que, dans beaucoup de
manufactures, on s'efforce de substituer les enfants aux hommes
dans toute espèce de travaux. On les arracherait du sein de leur
mère, si l'on croyait pouvoir en tirer parti pour établir, par eux,
une concurrence au salaire de leurs parents. N'est-il pas déplorable
que, dans les deux pays les plus civilisés du monde, la France et
l'Angleterre, on ait été, de nos jours, obligé de faire une loi qui
défendît aux manufacturiers d'occuper des enfants au-dessous de
l'âge de huit ans! Il semble que le mouvement des affaires ait
étouffé entièrement, dans le cœur de l'homme, ce sentiment religieux qui nous fait voir dans tout homme un de nos semblables,
doué comme nous d'une âme immortelle!... L'ouvrier, le pauvre
de nos cités, n'est compté que comme *chose*, et comme chose
qu'on n'a pas besoin d'acheter pour s'en procurer l'usage. Aussi,
ne voyons-nous aucune pitié pour les souffrances des malheureux :
on s'en sert tant qu'ils sont propres à augmenter les chances de

fortune ; mais aussitôt qu'une apparence d'intérêt engage à faire d'autres combinaisons, on les jette sur le pavé, où, le plus souvent, ils meurent de misère.

« Encore, si, du moins lorsqu'ils sont occupés, ils gagnaient de quoi satisfaire à leurs besoins ! mais il est prouvé que, dans tous les pays où l'industrie manufacturière a remplacé la petite indus- trie, l'ouvrier voit non-seulement s'abîmer sa jeunesse dans ces grands antres de destruction, mais encore qu'ils gagnent à peine de quoi se procurer une faible nourriture de légumes et de pommes de terre.

« Il est dit, dans l'Écriture sainte, que Dieu, chassant l'homme du paradis terrestre, lui infligea, pour châtiment de sa faute, cette sentence : « *Tu mangeras ton pain à la sueur de ton front.* » Mais au moins il mangeait du pain ; et il était réservé aux sei- gneurs de nos cités industrielles, à ceux de Birmingham et de Manchester, par exemple, de dire à l'homme : « Tu mangeras, au plus, la pâture des pourceaux ! »

(OZANAM, *Cours de droit commercial*,
professé à Lyon en 1841).

« L'esclavage des enfants, voilà le caractère des sociétés qui re- posent sur l'industrie ; ce fait caractéristique est surtout frappant dans la Grande-Bretagne, en raison directe des développements que l'industrie y a reçus. Les enfants des classes laborieuses, en Angleterre, représentent fidèlement ce peuple de Gabaon, que l'on voit dans la Bible se dévouer tout entier à la domesticité pour échapper à la persécution et à la conquête. C'est sur eux que pèsent les plus pénibles fonctions : ils servent de suppléments et d'auxi- liaires aux machines, préparent les matières premières de la fa- brication, essuient les exhalaisons malsaines, portent les fardeaux et sont attelés aux œuvres les plus dégoûtantes ; on ne leur épargne pas même les insignes de la servitude, comme l'atteste surabon- damment le marché de Bethnal-Green (1), où se tient le marché des enfants. »

(LÉON FAUCHER, *Études sur l'Angleterre*).

« Les basses classes de Berlin sont pauvres et grossières, l'ou- vrier est mal payé, et, pour s'étourdir sur sa misère, il s'adonne à

---

(1) C'est un faubourg de Londres mal bâti, misérable, et presque entière- ment habité par des familles de tisserands.

l'ivrognerie; il n'y a peut-être pas de ville en Europe où l'on consomme autant d'eau-de-vie qu'à Berlin. Cette exaltation factice explique les manières rudes et brutales de ces hommes intempérants. La police ne tolère point de mendiants dans les rues, quoiqu'il n'y ait point d'asile de pauvres à Berlin. Les misérables reçoivent une subvention hebdomadaire de la caisse municipale, qui, malgré les libéralités de tous les habitants aisés, est presque toujours en déficit. »

(*Lettres sur Berlin*, publiées dans le journal *le Monde*).

APPENDICE D.

« Vers 1850, ~~Ostwald~~, le fléau de la mendicité, sévissait d'une manière affreuse contre la bonne ville de Strasbourg, ville de passage où l'on parle deux langues, où affluent les nécessiteux d'au delà et d'en deçà du Rhin, attirés par la vieille renommée de bienfaisance des Strasbourgeois. Le cœur de nos braves compatriotes s'émut alors plus que de coutume; ils firent de l'aumône à outrance, et ajoutèrent de nouveaux établissements charitables à ceux que leur avait légués, en fort grand nombre déjà, la piété des temps antérieurs. Mais l'arc fut si fort tendu qu'il se brisa, c'est-à-dire qu'après avoir énormément donné pour les pauvres, il advint un jour qu'on ne donna plus rien du tout. Le conseil municipal se trouva dans un étrange embarras, placé entre l'abandon de tant de malheureux qui allaient, dans leur détresse, se jeter dans la rue en mendiants affamés, et une taxe des pauvres inévitables; car, sous quelque nom qu'on la déguise, c'est toujours à cela que se réduit la charité officiellement municipale ou nationale. On allait, faute de mieux, accepter tristement l'une et l'autre alternative, lorsqu'un homme, dont l'esprit éclairé par de fortes études économiques, et aussi sage et prudent que son cœur est sympathique à l'infortune, conçut un plan fort simple pour tirer les Strasbourgeois de leur perplexité. Maire de la ville, il lut au conseil municipal une philippique virulente contre la concurrence, qu'il accuse d'avoir enfanté le paupérisme. Il conclut à ce que la ville défrichât une portion de forêt voisine, propriété communale de mince rapport, et y construisît des bâtiments d'exploitation pour y installer des mendiants transformés en cultivateurs. Le plan fut accueilli avec joie; mais que de difficultés à vaincre! on ne sait pas, on ne saura jamais ce qu'il en coûte de patience, de démarches, de résistance, de déconvenues, d'écritures, d'insomnies, de discussions intermi-

nables pour ramener les hostiles, fixer les incertains, échauffer la
froideur, secouer l'indifférence, apprivoiser les bureaux lorsqu'il
s'agit de fonder quelque chose de neuf qui dérange les idées re-
çues et offense la routine! voilà ce qui, beaucoup plus que le
succès, nous inspire une pieuse gratitude, une sorte d'admiration pour tous ces hommes dont nous racontons ici les travaux.
M. Schutzenberger triompha de tous les obstacles; et aujourd'hui
si, partant de Strasbourg par le railway alsacien, vous courez
dans la direction du sud, vous verrez passer à votre droite et fuir,
comme une vision gracieuse et fantastique, un ensemble de constructions simples, légères, bien organisées : c'est la colonie d'Ostwald, c'est la première colonie de mendiants fondée en France;
c'est un noble essai, une grande tentative qui vous plongera dans
de sérieuses pensées pour le reste de votre course rapide, car sous
ces planches de sapin, sous ces humbles chalets, mûrit et se résout
une difficile question.

« 60 colons, dont 54 hommes de 40 ans, en moyenne, et 6
femmes de 23 à 30 ans peuplent en ce moment la colonie d'Ostwald ; pauvres gens sans ressources, qui ont mal réussi, qui ont
éprouvé des malheurs de toute nature, et qui trouvent là le vivre
et le couvert, des jours paisibles, et une petite rétribution pour
leur travail. Ils on l'air content, et ils encourent peu de punition ;
la plus grave de toutes, le renvoi, n'a été prononcé que deux fois
en deux ans. Ils se lèvent à quatre heures du matin et se couchent
à huit ; ce coucher est fort humble, mais propre et convenable.
Un kilogramme d'excellent pain par jour, un litre de bouillon, des
légumes, de la viande de bœuf bouillie, vingt centilitres de vin,
du lait caillé, tel est leur régime alimentaire, sain et suffisant.
Nous avons recueilli sur les lieux mille petits détails pleins d'intérêt, mais que les limites qui nous sont tracées ne nous per-
mettent pas d'introduire ici ; il en est deux, cependant, qui mé-
ritent d'être rapportés, parce qu'ils caractérisent l'esprit et la direction de la colonie. Les enfants d'un colon peuvent venir passer
la journée du dimanche à Ostwald ; on les reçoit bien, on leur
donne, à chacun, une portion de colon. Après avoir goûté, avec
grand plaisir, le bon pain et le petit vin blanc de l'ordinaire, nous
demandâmes à l'honorable M. Krausse, directeur de l'établissement,
s'il y avait un tronc, s'il nous serait permis d'y déposer quelque
obole. — Non, non, répondit-il avec une fierté digne et polie,
Ostwald est un atelier agricole ; des ouvriers ne reçoivent point
l'aumône, ils doivent se suffire par leur travail. — Mais, monsieur,
vos colons ont été gâtés par la misère, vous devez avoir bien des

vices à combattre ? — Deux seulement, deux vices capitaux : la
paresse et l'ivrognerie. Pour combattre celle-ci, nous ne souffrons
pas l'introduction de l'eau-de-vie ; quant à la paresse, elle ne peut
se dompter que par les bons exemples. Il faut que le directeur paie
de sa personne et mette la robe de chambre de côté ; il faut qu'il
aille au travail, qu'il fauche, et ce qu'il fait on le fait.

« Excepté le défrichement de la forêt, qui tombait à la charge
des adjudicataires, tous les travaux, même les outils, sont exécu-
tés par les colons. L'exploitation rurale a réussi merveilleusement ;
nous étions ravis de voir l'immense grange regorger de magni-
fiques gerbes ; Ostwald sera certainement en bénéfice cette année.
Les bestiaux sont superbes et bien tenus, la ville offre un débou-
ché lucratif aux laitages. On pourra donc développer cette belle
entreprise. La commune de Geispolzheim, près de là, possède
1,000 hectares d'excellentes terres, parfaitement improductives, et
voici que les 72 hectares d'Ostwald font vivre 70 personnes et vont
donner de beaux bénéfices.

« Maintenant, faut-il escompter l'avenir d'Ostwald, et voir dans
cet intéressant atelier agricole le berceau de l'organisation future
du travail, d'une transformation sociale complète, qu'y découvrent
prématurément quelques écrivains de talent, et jusqu'à des ora-
teurs de congrès scientifiques ? Nous pensons qu'on a vu trop loin,
trop haut, qu'on a beaucoup trop prédit à propos de cette colonie.
Habilement gouvernée, comme elle l'est, et dans les excellentes
conditions où elle se trouve, sa complète réussite n'est point dou-
teuse. Dès-lors, on en créera d'autres, et, toute illusion mise de
côté, Ostwald peut avoir deux conséquences admirables pour la
prospérité publique : l'extinction, sinon du paupérisme, au moins
de la mendicité ; puis, la mise en valeur de ces tristes biens com-
munaux, qui se comptent chez nous par millions d'hectares, et qui,
au lieu de faire vivre paisiblement de braves travailleurs, devien-
nent une humiliation, une honte pour la France du dix-neuvième
siècle ! »

(Louis Leclerc, *Notice sur les colonies
agricoles*).

Voir aussi le 1er volume des *Annales de la charité*, p. 360,
pour les statuts et règlements de la société formée à Dijon pour
l'extinction de la mendicité. — *Voir* encore les statuts des associations formées dans le même but, et en 1840, par M. Maurice
d'Aulteroche.

APPENDICE E.

ÉCOLE VILLAGEOISE EXPÉRIMENTALE D'AGRICULTURE ET DE JARDINAGE. — « Encore une de ces utiles institutions qui contribueraient si efficacement aux progrès de l'agriculture, et, par suite, à la prospérité du pays et à l'aisance de ses habitants, et qu'on s'étonne de ne pas voir se multiplier partout, ce qui aurait lieu si le gouvernement leur accordait le moindre appui, vient de se réaliser par la bonne volonté réunie d'un maire et d'un curé, dans une commune aux environs de Lyon. Un terrain vague de quatre-vingts ares, appartenant à la commune, et situé près de l'église, après la délibération du conseil municipal et du comité local, fut consacré à cette destination; il fut enclos d'un fossé et de haies composées de toutes sortes d'arbustes propres à cet usage. Ce terrain fut nivelé, applani, labouré; puis, appel fut fait aux propriétaires du voisinage pour avoir des plants d'arbres, des graines, des ognons, des fleurs, des boutures, des greffes, etc.; une pépinière fut formée, puis un potager, où l'on vit bientôt une quantité de fleurs et de légumes aussi rares que beaux, et qui étaient à peu près inconnus à dix lieues à l'entour.

« On croira peut-être que, dès l'abord, cette création dut exciter l'enthousiasme dans le village : bien au contraire; on avait un parti pris d'empêcher les enfants d'être de simples paysans : parce que le maire avait de la fortune, il voulait se procurer plus de bras pour faire ses travaux à bon marché, et autres absurdités semblables, qui ne découragèrent pas les fondateurs. Bientôt après on dit que c'était dommage d'abandonner un si bon terrain à des *morveux* qui n'en tireraient aucun parti; mais enfin l'opposition des voisins ne put tenir devant les résultats obtenus. Dès la deuxième années, en effet, on avait des légumes à revendre, même après la consommation de l'instituteur; on put acheter quelques outils. Ce qui vaut mieux que tout le reste, c'est le zèle, c'est l'intérêt que mettent ces jeunes enfants à un travail qu'ils ne voyaient jusque-là qu'avec indifférence. Faire aimer la culture à des enfants qui en doivent vivre, voilà le but que l'on s'est proposé en fondant l'École villageoise. N'est-ce pas avoir rendu un service bien réel et bien grand à l'enseignement primaire et à l'industrie agricole ? »

(BAILLY DE MERLIEUX, *Mémorial encyclopédique*, année 1843.)

APPENDICE F.

« Quand la France saura lire, ne laissez pas sans direction cette intelligence que vous aurez développée ; ce serait un autre désordre : l'ignorance vaut encore mieux que la mauvaise science. Non, souvenez-vous qu'il y a un livre plus philosophique que le *Compère Mathieu*, plus populaire que le *Constitutionnel*, plus éternel que la Charte de 1830 : c'est l'Écriture sainte. Et ici, un mot d'explication. Quoi que vous fassiez, le sort de la grande foule, de la multitude, de la majorité sera toujours relativement pauvre, et malheureux, et triste. A elle le dur travail, les fardeaux à pousser, les fardeaux à traîner, les fardeaux à porter. Examinez cette balance : toutes les jouissances dans le plateau du riche, toutes les misères dans le plateau du pauvre ; les deux parts ne sont-elles pas inégales ? la balance ne doit-elle pas nécessairement pencher, et l'État avec elle ? Et maintenant, dans le lot du pauvre, dans le plateau des misères, jetez la certitude d'un avenir céleste, jetez l'aspiration au bonheur éternel, jetez le paradis, contre-poids magnifique, vous rétablissez l'équilibre ; la part du pauvre est aussi riche que la part du riche. C'est ce que savait *Jésus*, qui en savait plus long que *Voltaire*.

« Donnez au peuple qui travaille et qui souffre, donnez au peuple pour qui ce monde-ci est mauvais, la croyance à un meilleur monde fait pour lui. Il sera tranquille, il sera patient. La patience est faite d'espérance.

« Donc, ensemencez les villages d'*Evangiles*. Une *Bible* par cabane. Que chaque livre et chaque champ produise à eux deux un travailleur moral.

« La tête de l'homme du peuple, voilà la question. Cette tête est pleine de germes utiles. Employez, pour la faire mûrir et venir à bien, ce qu'il y a de plus lumineux et de mieux tempéré dans la vertu. Tel a assassiné sur les grandes routes qui, mieux dirigé, eût été le plus excellent serviteur de la cité. Cette tête de l'homme du peuple, cultivez-la, défrichez-la, arrosez-la, fécondez-la, éclairez-la, utilisez-la : vous n'aurez pas besoin de la couper. »

(Victor Hugo, article publié dans la *Revue de Paris*, 6 juillet 1854.)

FIN.